原発ホワイトアウト

若杉 冽 *Wakasugi Retsu*

講談社

歴史は繰り返す、一度目は悲劇として、二度目は喜劇として（カール・マルクス）

プロローグ

朝日新聞（一九九八年二月二一日・朝刊三五面）

「七〇メートル送電塔　突然倒れる　香川・坂出《さかいで》」

二十日午後一時二十分ごろ、香川県坂出市坂出町の聖通寺山に立っている四国電力の送電用鉄塔（高さ七十二・九メートル、重さ約四十トン）が突然倒れ、十五本の高圧電線（十八万七千ボルト）が断線した。高圧線は約二百メートル北東にある瀬戸中央自動車道に垂れかかり、自動車道は午後一時半から午後六時五十分まで坂出―児島間が全面通行止めになった。

鉄塔は地上から約一メートルのところで、四本の脚がそれぞれ基礎部分の鉄柱（直径六十センチ）にボルトで接合している。ボルトは直径約二十二ミリで、一脚を十四本で固定していたが、この継ぎ目部分で四本の脚がいずれも外れ、西側に倒れた。

倒れた鉄塔から百七十七メートル南側の鉄塔（七十七・四メートル）も、地上六十メートル付近で折れた。

四国電力は「ボルトが外れたのが事故の原因」としているが、なぜ外れたかは分からないという。

倒れた鉄塔は一九七一年に完成。耐用年数は約五十年とされ、最大四〇メートルの風に耐えられる設計になっていたという。

高松地方気象台によると、香川県地方は十九日夜から強風波浪注意報が出ていた。事故当時の風速は三―五メートルだった。

＊＊＊＊

踝《くるぶし》の上まで届く編み上げ式の登山靴が、すっぽり雪に沈む。しかし、足下からはしっかりと、尾根を踏み締める靴底からのグリップが伝わってくる。視界は五メートルもないが、金山《かなやま》剛《たけし》は確かな充足感を感じていた。

「もうすぐだ……もうすぐだ……」

一歩一歩の足取りに合わせて、金山剛はそう呟《つぶや》いていた。

金山は関東山地を北西の方角に向かって尾根伝いに登っていた。昼間にはいったん気温は零度を超え暖かくなったものの、夕方からはまた急速に冷え込んで氷点を大きく下回ってきた。数年ぶりの爆弾低気圧の仕業《しわざ》、と天気予報は伝えていた。雪もどんどん強まってきている。

踏み固められた雪は、決して溶けることのない金山の心のわだかまりであった。歩みを進めれば進めるほど、雪は固く大きくなって金山の靴裏にこびりついた。

「おい、少し休もうぜ」

同行している崔《チェ》のオヤジが声をかける。

「体力失って遭難したら、洒落《しゃれ》にならねえぞ」

金山は頷《うなず》いた。

「五分だけにしましょう」

二人はチョコレートを、気付け薬用に持参したブランデーで流し込んだ。錫《すず》でできた英国ピンダーブロス社製のスキットルはキンキンに冷えていて、素手で持つのは困難なほどであった。

どうしても、目的の場所に夜一一時までには到着しておきたい。

雪はさらに激しさを増していた。

「このまま死んでもいい」――薄暗くなった空を見上げて金山は思った。死ぬことは怖くはない。ただ、死ぬにしても、目的の場所で、目的を遂げてから死ななければならない。そうでなければ犬死にだ。

金山はザックのなかから暗視ゴーグルを取り出した。冬山を夜に行軍するためには、必要な道具だ。これが一一〇年前にあれば八甲田山《はっこうださん》の悲劇はなかったかもしれない。崔のオヤジがどこからか調達してきてくれた。

暗視ゴーグル越しに見える山肌の緑光は、金山に屈辱の日々を蘇らせた。

＊＊＊＊＊

金山の父は関西で畜産物の輸入を取り仕切る大手商社を経営し、羽振りはよかった。幼少期の父はずいぶんと苦労したらしいが、出自を含め詳しい過去は金山には知らされなかった。昔のことは思い出したくない、というのが父の口癖であった。

羽振りがよくなったあとの父は、政界や花柳界《かりゅうかい》のタニマチのような存在でもあったらしい。父はよく保守党の政治家とキタやミナミで遊んでいる、ということを母から聞かされていた。そんな父を母は非難するわけでもなく、といって、喜んでいるわけでもなさそうだった。

金山はカネに苦労した覚えはない。物心ついてからは、欲しいものは何でも買ってもらっていた。大学は早稲田に進学し、父の強い勧めで関東電力に就職した。

関東電力は父の商売とも間接的に関係があるらしい。父の仕事とは正反対で、安定した堅気《かたぎ》の生活を一生送ることができる、それが父の勧めの理由であった。

金山の人生が暗転したのは、入社七年目に、父の刎頸《ふんけい》の友である保守党の政治家が権力闘争に敗れ逮捕されたことがきっかけだった。父もまたその権力闘争の煽《あお》りを食らい、脱税容疑で逮捕、新聞にも大きく報道された。父の同業者も同じ会計処理をしているのに、逮捕されたのは父だけであった。父が標的にされたことは明白だ。

父の逮捕から二週間後、金山は、本社総務部から新崎《にいざき》原発の保守管理部への人事異動を言い渡された。通常の人事異動の時期とはまったく異なるタイミングでの異動であり、明らかな左遷《させん》である。

総務部の同期の連中は、表面上、金山の異動に同情してくれた。しかし、そのなかの一人の言葉は一層、金山を傷つけた。

「小島総務部長が、『しばらくは座敷牢』って言っていたらしいぞ。本当に総務部長はひどいな」

父の逮捕の新聞報道を見たであろう同期たちも、金山が新崎原発という座敷牢に移される理由をわかっているのだろう。表面的には同情していたとしても、心のなかでは舌を出しているのかもしれない。そう金山は思った。

新崎原発の保守管理部に新設された第二係長のポストは、前任者もおらず、部下もいない。父が政界のタニマチからアウトローに転落した以上は金山も関東電力では用済みである、と言わんばかりの会社の態度だった。

＊＊＊＊＊

「こんちくしょう……もうちょっとだ……こんちくしょう」

頭に蘇る元上司の小島巌《こじまいわお》の残像を振り払うように、金山は一歩一歩足下の雪をかきわけていく。

小島はさらに出世して、今では日本電力連盟の常務理事になっているらしい。この俺と父を踏み台にして、だ。

次の尾根に辿《たど》り着いたら、そろそろ、目的地の鉄塔が暗視ゴーグルを通じて鮮やかな緑光に包まれた姿として見えてくる。そこが、金山にとって、関東電力、そして日本社会への復讐の晴れの舞台となるはずだ……。

目次◉原発ホワイトアウト

【登場人物】

小島　巌　日本電力連盟常務理事　関東電力総務部長を経て日本電力連盟に出向
日村直史　経済産業省資源エネルギー庁次長
玉川京子　再生可能エネルギー研究財団主任研究員　元民放ＴＶ局アナウンサー・記者
岩崎道夫　保守党幹事長
赤沢浩一　保守党資源・エネルギー戦略調査会長
西岡　進　原子力規制庁総務課課長補佐
伊豆田清彦　新崎県知事
山野一郎　保守党一匹狼議員
木原英治　保守党経済産業部会長
金山　剛　元関東電力社員
山下次郎　脱原発俳優　参議院議員

原発ホワイトアウト

第一章　選挙の深奥部

（1）

日曜日の夜の東京・大手町は、普段の平日が嘘のように人の気配がない。日本電力連盟の事務所がある日本経済団体連盟ビルも、平日であれば、午後八時前に電灯が消えているフロアは珍しい。しかし、日曜日となると電灯が点《つ》いているフロアは、一つ、二つあるかないかだった。

特に、参議院議員選挙の投開票日である七月二一日の夜は、普段にもまして明かりの点いた建物は少なかった。ＬＥＤの街路灯が冷ややかに車通りのない漆黒の路面を照らすなか、月の光以外に中空を照らすのは、日本経済団体連盟ビルの一、二の部屋のみだった。

そのうちの一部屋は、日本電力連盟の常務理事室だった。開票速報番組が始まる午後八時前、常務理事の小島巌は、冷蔵庫から缶ビールを取り出し、プシュと小気味よい音をたてて開け、グッと喉を潤した。

馴染みの記者からは、三一ある一人区のほぼすべてで保守党が圧勝するとの出口調査の結果が伝えられていた。

「ようやく秩序が回復される」——そう小島は呟《つぶや》いた。

秩序とは、単に衆参ねじれの解消という政局の話だけではない。一〇電力会社による地域独占、原発の推進、そして、それによってもたらされる政界と財界と官界の結びつき……そうした一連の秩序がようやく復元される。

すべての混乱の始まりは、六年前に保守党が参議院議員選挙で敗北し、衆参ねじれといわれる状態が出現したことだった。衆参ねじれが生んだ政治的混乱は、政権交代選挙と銘打たれた衆議院議員選挙を経て、保守党から民自党への政権交代をもたらした。

官僚主導から政治主導へ、との掛け声で始まった民自党政権は、政治家一人ひとりの資質はともかく、集合体として見れば、政治の素人《しろうと》、烏合《うごう》の衆《しゅう》であった。烏合の衆による政治は、東日本大震災の被害、原発事故により、さらに混乱を極めた。

フクシマの原発事故を経験したアンチ経済界の元左翼が牛耳《ぎゅうじ》る政権は、いたずらに原子力の再稼働を妨害し、あやうく日本の電力供給に支障を来《きた》しかねない事態となった。

そして、政権運営に限定的にしか影響力を及ぼせない日本経済団体連盟は、公然と民自党政権に反旗を翻していた。また、中央銀行ですら民自党政権からは距離を置き、中央銀行の独立性の錦の御旗《みはた》の下、円高株安は進み、デフレは進行し、日本経済は低迷した。

衆参とも保守党が過半数をとることで、国民のヒステリックな感情に右往左往する政治、官界と財界とが統一戦線の形をとれない政治から、ようやく解放されるのだ。

この一七日間、小島は日本電力連盟の常務理事という立場を超え、日本の電力業界、産業界の代表選手として全国行脚《あんぎゃ》し、保守党の選挙戦を支えた。全国の電力会社の営業所がまとめたそれぞれの地域の名簿を、保守党選挙対策委員長経由で、全保守党候補者に提供した。

電気なしで生活している世帯はないのだから、その名簿は日本のすべての世帯主の名簿とほぼ同じであった。契約者一人ひとり、住所と電話番号と電気料金の契約種別が掲載されている。電気料金と可処分所得額との間には相関性があることが知られており、どこの世帯が裕福なのか、その名簿を見れば、見当がつく。

しかも、代々、各地域の営業所長が個別の世帯の情報も書き加えてきており、誰が町内会長か、誰が民生委員か、誰が小学校の校長かなど、地域の実力者や職業が、かなりの程度までわかるようになっている。電力会社の社員はもちろん、電力会社の仕事を受注している会社の社員や検針員などの情報も入っている。有用性の高い一級の選挙資料だ。

個々の候補者の決起集会にも社員を動員する。決起集会自体は、ある種のセレモニーであり、動員で集められた決起集会への参加者一人ひとりはそうモチベーションが高いわけではない。しかし、決起集会での動員数こそが、支持母体の組織がどれだけ締まっているかのバロメーターとなるから、手は抜けない。

そして、決起集会や地区ごとの対話集会にまで、電力会社の幹部が手分けして顔を出す。面識のある電力会社の幹部が「こんなところまで足を運んで来てくれたんだ」と候補者に思わせることが重要なのである。

電力会社による選挙応援の対象は、保守党だけではない。民自党候補者は電力会社の労働組合が同じように支援し、保守党と同様の名簿もフォーマットを改変し、同じ名簿には見えないようにして、組合経由で渡していた。

どうせ両候補者が名簿の突き合わせをやるわけではない。どちら側が勝っても電力会社の恩が売れるようにしておくのだ。

保守党の幹部に顔が売れている小島は、総理や幹事長といった大物幹部の応援スケジュールに合わせて、全国を飛び回った。疲労は移動距離に比例して蓄積する。今回の参院選では、小選挙区が全国に三〇〇区ある半年前の衆院選に比べるとまだ楽だったが、それでも五〇代後半の小島には応《こた》えた。

（２）

蓋の開いた缶ビールを片手に、小島は、流行から取り残されたライトブラウンの革張りの重厚なソファに深く腰を下ろした。流れてくるテレビの音声以外は、ひたすら静かであった。

午後八時を回り、どのテレビ局も、保守党が大勝し一人区すべてで勝利、という出口調査の予測を伝えていた。比例代表と合わせても、保守党は改選議席数の三分の二を上回り、三年前の前回参院選の選挙結果と合わせた全体でも、単独過半数を確保するのが確実な情勢である、と人気キャスターが興奮気味に伝えていた。

東京選挙区では、フクシマの事故後に脱原発運動で有名になった山下《やました》次郎《じろう》という俳優が無所属の候補として当選圏内に食い込んで、民自党の現職と競り合っている、とも報じられていた。

すべての放送局の予想が、保守党が単独過半数となっていることを確認し、小島はリモコンでテレビの音声を絞った。仮に無所属で蝿のようにうるさい奴が一人くらい当選したって大勢に影響はない。

小島はソファの袖《そで》の小机の上のレポート用紙をテーブルに置き、上着から、長く愛用しているモンブラン№24を取り出した。

「これからの課題」

と、レポート用紙の上部中央に、大きく一字一字ブルーブラックのインキで丁寧に書き入れた。モンブランの万年筆はもっともらしく重々しい字が表現できるので、大切な考えを整理するときに使っている。

念願の衆参ねじれの解消である。これまで何度も反芻《はんすう》してきたシナリオだが、仮定の段階では、想像力を働かせるには限度があった。心のどこかで、油断してはいけない、捕らぬ狸《たぬき》の皮算用ではないか、と想像力にブレーキをかけていた。そうした心のブレーキはもう不要なのだ。これからの課題として、かみしめるように小島は、レポート用紙を一字一字埋めていった。

1. 再稼働（追加工事の猶予《ゆうよ》の期間、新崎県知事対策）
2. 電力システム改革の阻止（発送電一貫体制、原発の堅持）
3. 世論対策（料金値上げの容認）

標題と合わせて、わずか四行、六〇文字程度の日本語であったが、これから小島が遂行していくべきミッションが書き尽くされていた。小島は、漏れがないか、落とし穴がないか、もう一度反芻し確認した。

「2．電力システム改革の阻止」の「阻止」を二重線で消して、その上から「適正化」と書き直した。どこで誰が目にするかもわからないから、用心するに越したことはない。

そして、その紙を四つ折りにして、上着の内ポケットにしまい込んだ。小島が節目節目で行う儀式のようなものであった。

明日以降の電力業界からの反撃は、総括原価方式に基づく電気料金から生まれる兵糧《ひょうろう》が先に尽きてしまうのか、それともその兵糧を使って先に政治やマスコミを押さえ込めるか、その戦いだ。石の上にも三年、ようやく巡ってきた反撃の機会である。

――小島にとっては、日本の経済社会を復元し、秩序を取り戻す聖戦《ジハード》だった。

絶対に勝たなければならない……勝つこと以外の選択肢は、小島の知る松永安左ヱ門《まつながやすざえもん》以来の電力会社のＤＮＡからは許されていないことであった。

第二章　幹事長の予行演習

（3）

同じ七月二一日の午後一時、経済産業省資源エネルギー庁次長の日村直史《ひむらなおふみ》は、旧知の保守党の岩崎道夫《いわさきみちお》幹事長に呼び出され、ホテルオークラ東京のラウンジに向かっていた。出口調査の結果を踏まえて、開票速報の番組でエネルギー政策に関する言いぶりをどうするのか、それを打ち合わせることになっていた。

選挙の大勢が判明する午後一〇時くらいには、今後のエネルギー政策の方向について記者から質問が出るはずだ。

日村と岩崎とは、日村が入省三年目の係長、岩崎が代議士秘書時代からの仲間だった。当時の日村の直属の上司が、「代議士秘書でピンと来る奴がいれば、若いときから先行投資と思って付き合っておいたほうがいい」というアドバイスをしていたからだ。

二人の付き合いはもう三〇年になる。気心は知れている。

付き合い始めた当時は、官僚の飲み代やゴルフ代を、政府系特殊法人や電力会社に付け回しできるおおらかな時代だった。政治家と血縁がなく、早稲田大学の雄弁会出身という、政治家への意欲だけが先行する岩崎に、日村は政局から離れた立場で、役人の世界の規律や行動様式を個人的にアドバイスしてきた。岩崎もまた日村に、政治家秘書から見える政治の実像を教えてきた。お互いにメリットのある関係だった。

岩崎が代議士秘書から地元の県議会議員に当選し、地元で政治活動をしていた五年間、付き合いは一時的に疎遠になったが、岩崎が前職の衆議院議員の跡目を継ぎ、みごと国政に登場したあとは、日村が経済産業省において出世するのに歩調を合わせて、岩崎もまた保守党のなかで出世の階段を上っていった。

まだ五〇代半ばとはいえ、前年の保守党の総裁選で政治家四世の総裁の誕生を支えた岩崎は、衆院選後の政権交代に伴い、ついに保守党幹事長の地位に就いた。

保守党幹事長といえば、保守党総裁が内閣総理大臣として官邸にいるあいだ、党本部のトップとして、国政選挙や地方議会議員選挙の公認権を持ち、党の金庫番であり、選挙の争点となる政策の大きな方向性を政調会長とともに直接仕切る立場である。

虎ノ門のホテルオークラのラウンジは、天井が高く、常に開放感がある。外の蒸し暑さとは対照的に、カラリと除湿された冷気に満たされた空間は、時代の熱狂や激動とは無縁で、常に訪問者が平常心や冷静さを保てる場所であった。

こうした落ち着いた雰囲気は、最近流行の外資系ホテルにはないものであり、外資系ホテルを愛する外国人やミーハーな大衆は自然に近寄らないようになっていた。

また、国会にも官庁にもほど近く、それでいて駅からは多少の距離があるため、黒塗りの車を利用できない一般人には利用しにくかった。つまり、政治家や高級官僚には居心地のいいホテル、ということである。

「んで、原発再稼働はどういう言い方だろう」と、好物というか常食となっているホテルオークラの特選和牛とろとろカレーを口にしながら、岩崎道夫幹事長は日村に尋ねた。味など感じてはいないのだろう。無表情で口だけ動かしている。

「幹事長、国民は、保守党が今回の選挙結果をもとに原発をしゃかりきになって再稼働するのでは、と疑惑の目で見ています。ですので、記者会見では、謙虚に低姿勢で、それでいて、変化の萌芽《ほうが》はそこはかとなく匂わすようにお願いします……」

昨年、衆院選で政権奪還したあとは、政権が上滑りしないよう、国民の支持が離れないように、日村は安全運転の徹底を常に岩崎幹事長に忠告してきた。岩崎幹事長もまた、ことあるごとに安全運転すべきと、ともするとはしゃぎがちな総理を牽制《けんせい》してきた。

衆院選に勝っただけでは意味がない。片肺の飛行機の操縦が保守党に委《ゆだ》ねられただけだ。衆参のねじれを解消し、双発エンジンとならなければ、本当の政権復帰ではない。衆参のねじれを解消してこそ、本当の勝利だ。

その勝利は保守党の勝利であり、保守党を長年支えてきた官僚の勝利である。そして、それは今、現実のものとなろうとしていた。

(4)

「具体的には、どう言うんだろうな？」

と岩崎幹事長は尋ねた。

「原子力規制委員会の判断を厳粛に受け止め、新規制基準を満たした原発は、政府の責任において順次再稼働させてまいります」

このように堂々と、日村は答えた。

「免震重要棟やフィルター付きベントが整備されていない原発はどうするんだ、と聞かれるだろ？」

心配性だ。政治部記者は、そんな細かいことは聞かないだろう。

「そこは原子力安全の専門家である原子力規制委員会に判断してもらいます」

堂々巡りだが、保守党の選対本部に駆けつけてくる質問側の政治部記者も、回答する幹事長も、両方素人だから、これで会見の場は切り抜けられるだろう。

「原発周辺の自治体の理解が得られていない原発はどうするんですか？」

岩崎幹事長はまだ確信を持てないようだ。

「周辺自治体の理解が得られるよう、誠心誠意努力してまいります」

日村の目の奥に鈍《にぶ》い光が灯《とも》った。首長の理解を得る手段はいろいろあるのだ……時として卑劣な手段を使うこともやむをえまい。

岩崎幹事長は水滴のしたたるコップの冷水をグッと飲み、次の心配ごとを日村に突き付ける。

「懸案の電力システム改革はどうするんですか？　発送電分離や電力の小売り自由化はいつまでにやるんですか？　衆参ねじれが解消することによって、電力システム改革は後退するのではないか、という見方もありますけれど、見通しをお聞かせください」

先の通常国会で、広域系統運用機関を設置する内容の電気事業法改正法案が廃案になったことで、電力システム改革が後退することを一部の世論は気にしていた。

岩崎幹事長は完全に記者の立場になりきっている。仕方なく日村は引き続き説明役を演じることにした。

「これは、保守党の選挙公約にお示ししたように、予定通り、秋の臨時国会に、先の通常国会で廃案になった広域系統運用機関の設置法案を、さらに次期通常国会に、電力小売り自由化の法案を提出いたします。そして、二〇一八年から二〇年を目処《めど》に発送電分離を行います」

神は細部に宿る、という。素人の政治家や記者には、小売り自由化や発送電分離の制度設計の細部の書きぶりによって、電力会社の独占力がどれほど維持されるのかなど、わかりはしないのだ。

この電力システム改革のゲームには、電力会社や政治家が参戦する。しかし、制度の細部の決定権を最後の最後まで放さないことが官僚のパワーの源泉なのだ。

「で、電力システム改革って、本当に、どこまでやるんだよ？」

紙ナプキンで口を拭きながら、岩崎幹事長が尋ねる。これは記者による想定質問ではなく、幹事長自身の質問だ。

「今の大臣は、改革派大臣ですからねぇ……」

と、日村は言葉少なに返答しておく。

現職の経済産業大臣は、徹底した電力システム改革論者であった。自分が電力システム改革論者であることをことあるごとにアピールし、それが国民には改革派大臣として支持されている。少なくとも参院選前は、そういうスタンスで国民に保守党の改革姿勢をアピールしても、何の問題もないはずであった。

日村の「改革派大臣ですからねぇ」という控えめな表現は、

「幹事長、電力システム改革の程度をほどほどにしたければ、秋の内閣改造人事で経済産業大臣を交替させたらどうですか」

というインプリケーションと岩崎幹事長は受け止めたはずだ。

岩崎幹事長も電力業界にはパーティー券を大量に購入してもらっている。岩崎の質問は、そういう保守党の議員たちの懸念を代表したものだった。

岩崎幹事長の記者会見の予行演習は一時間弱で終わった。幹事長への刷り込みは、キレイに、これ以上ない完璧な形で済んだ。

あとは、「幹事長の原発政策の応答ぶりはこんな感じ」と、総理秘書官に電話して伝えておこう。早速、帰路の車のなかから、日村は同じ経済産業省から出向中の総理秘書官に電話を入れた。

たいていの役人にとって、総理秘書官と連絡を取るのは緊張するものだが、経済産業省の二年後輩でよく知った仲なので、日村にとっては気安い電話だ。

「あっ、お休み中のところ失礼。今、大丈夫？」

「はい、大丈夫ですよ」

「総理は？」

「今、ジムで汗を流していまして、私は入り口で待機中ですから、五分、一〇分は大丈夫ですよ」

「ああ、よかった……あのさ、今日の選挙の特番での原発の言いぶりなんだけど、今、岩崎幹事長とすり合わせてきた。悪いけど、総理にも同じトーンで刷り込んどいてよ……」

こう言って、日村から説明を始めた。

総理の記者会見での発言ぶりと幹事長のそれとの細かいニュアンスが異なるだけで、官邸と党本部との不協和音だの、総理と幹事長とは連携がとれてないだのと、マスコミには邪推される。官邸と党本部とのあいだの円滑な意思疎通は、強く安定した政権運営にとって必須である。そして強く安定した政権運営は、日村自身の出世と岩崎のさらなる権力掌握を確実ならしめるものであった。

第三章　フクシマの死

（5）

七月二六日。参院選後の初めての金曜日夕方を迎えた。いつもの金曜日と同じように、官邸前の反原発デモに人が集まっていた。

玉川京子《たまがわきょうこ》は、経産省前の脱原発テントを訪問し激励したあと、東京メトロ千代田線霞ケ関駅から一駅乗って、国会議事堂前駅の三番出口の階段を上った。

地上に立つと、ある異変を感じた。

デモがツイッター等で呼びかけられ自然発生的に始まったころは、警備に当たる警官たちも反原発デモに対しては好意的だったように思う。彼らだって生活者だ。家に帰れば、妻も子どももいる。原発に対する恐怖も感じていたはずだ。

しかし、今日は違う。歩道から離れた車道に、鋭い目つきの私服警官が多く立っている。

「今日は蒸し暑いですけど、水分の補給は大丈夫ですか？　夕方になっているからといって油断しないでくださいよ」

と玉川は旧知のＮＰＯの代表に声をかけた。ＮＰＯがＮＰＯと呼ばれる前から、全国的な反原発の市民運動を仕切ってきた人物だ。

「参院選が終わって、これから保守党の本性が剝《む》き出しになる。ここが正念場だよ。長期戦になるな」

ＮＰＯ代表はマイクを握りしめた。

「せーのっ、再稼働反対！　原発いらない！　大井《おおい》を止めろ！　再稼働反対！　子どもを守れ！　命を守れ！　再稼働反対！　原発いらない！　今すぐ止めろ！」

周りの群衆が太鼓を叩く。夏の夕空に振動がこだまする。プラカードや団扇《うちわ》などそれぞれの参加者が思い思いのやり方でアピールする。多様性のある彩《いろど》りにあふれた集団だ。

デモの最盛期は昨夏の大井原発の再稼働の前後だった。数万人はいたはずだ。衆院選で保守党が勝利したあとから徐々に参加者は減り始め、いまは一〇〇〇人程度にまで減ってしまっている。雨の日には数百人ということもあった。

代表のように長年、反原発で戦ってきた人間からすれば、反原発活動は常にゴールなき長期戦であり、現時点も、その過程のなかの一通過点に過ぎないのだろう。

しかし、代表のような存在は例外的だ。デモに参加している多くの若い人々は、「官邸前デモが政治を変える、社会を変える」と脳天気に信じているようだ。

ＳＮＳの申し子ともいえる彼ら彼女らは、ネットでつながる仲間からの『いいね！』という即効的な反応を求める。じっくりと物事を考えて論壇に見解を表明し、ジワジワと社会の価値観が変わっていくことを待つという旧世代の忍耐力はない。

突き動かしているのは、自分の生き様をネット上に残したい、というモチベーションだ。ネット上に記録されていないことは事実ではない、歴史にならない、とさえ信じているように思われる。

世間の動きに表層的かつ感覚的に反応する評論家は、「官邸前のデモは新しい時代の到来を予見させる。インターネット時代の直接民主主義的ムーブメントの発露であり、今後の民主政治の可能性を示すものである」などと称揚していたが、実態は定職のない若者や定年後の高齢者が、やり場のない怒りをぶつけるステージに近かった。

大衆は熱しやすく、冷めやすい——。

とはいっても、この反原発デモの運動は、これはこれで続けさせなければならない、と玉川は思う。失速しているかもしれないが、続いていること自体に意味はあるのだ。

マスメディアは金曜夜の官邸前の反原発デモについて一過性の報道をしたあとは、所与のものとして無視している。しかし、むしろ官邸前のデモに人が集まらない事態となれば、それこそがニュースとなり、原発推進派を勢いづかせることになってしまう。

玉川からすれば、スキーのジャンプ競技のように、失速しようが何をしようが、とにかく前傾姿勢を保って、できるだけ長い時間空中を飛行させ続けていることに意味があるのだ。

（6）

玉川京子は、福島の裕福な酪農家の娘として生まれた。阿武隈《あぶくま》高原の大自然に囲まれて、美味しい空気と水、稲わらや麦わらなどの自然飼料だけで大切に育てられた黒毛《くろげ》和牛は、安定した高値で買い取られていた。

玉川は、良妻賢母を輩出することで定評のある伝統的な名門県立女子高校に通っていたが、高校時代にそういう生き方に反発した。両親の必死の慰留もあって、なんとかその地元高校は卒業したものの、大学は一橋大学経済学部を自らの意思で選択し入学した。地方の国立大学に進んでそのまま教員になるとか、地元の名門県立男子高校の卒業生と結婚し家庭に入るとか、そういった人生は願い下げだった。

彼女の外見は、肌が浅黒く、いわゆる正統派の美人ではない。しかし中肉中背ではあっても、下半身がすらりとしており、スタイルはいい。

そして、テレビ局への入社に際し、最終面接で重役から「存在感のある作りだね」と言われた顔。目鼻立ちがはっきりとした造作で、二重瞼の目には蒙古襞《もうこひだ》がない。おそらく東北の蝦夷《えみし》の血が先祖から受け継がれているのであろう。鼻筋が通っているというよりも、鼻梁《びりょう》はガッシリと厚い。唇は豊かにぷくりと厚く、下品な言い方をすれば、男好きのする、そそる顔つきであった。

学生時代には特に男子学生の注目を浴びたわけでもなかったが、競争率の高い民放テレビ局にアナウンサーとしてみごと就職することができたのは、この「存在感のある」顔立ちが功を奏したのかもしれない。三名の女性採用枠のなかで、三人目の「変わりキャラ」としての採用だっただ、「フェラ顔の玉川」とテレビ局の採用面接官の間で揶揄《やゆ》されていたと内定後に知り、傷ついた……。

そんな自分の変わりキャラのために任されるバラエティの仕事はそれなりに面白かったが、三〇歳を越え、後輩に出演機会を奪われていくなか、もともと真面目な性格の玉川は、報道部への異動を希望した。姥捨山《うばすてやま》のようなアナウンス室の主任として後進の指導に当たったり、視聴率も計測できないようなBSやCSの地味な番組に出演するよりも、社会にとって意味のある活動をしたい、という気持ちだった。

異動は認められた。テレビ局としても、バラエティで顔と名前を売った元アナウンサーであれば、取材先から情報がとりやすいというメリットがある、と判断したのだ。

その異動先は、財務省記者クラブの「財研」だった。すると、財務省の広報室長は、元女子アナの玉川を、財務省幹部の部屋から部屋へ連れ回した。そして、それら財務省幹部を通じ政治家との宴席にも顔を出すなど、他の記者とは比べ物にならないくらい厚遇をしてもらった。

次の異動先は国会記者クラブだった。官邸、与党、野党を問わず、遊軍として、声をかけられれば「プレ懇」と称される番記者と要人との飲み会に出撃した。特定の取材源と長期的な人間関係を築くよりも、知名度を活かして様々な人との関係性を構築することが、自分が持ち得る付加価値だと割り切り、それを実践した。

玉川にとって突然の転機が訪れた。フクシマ原発の事故だった。

事故の直後には、実家の父親は牛の放射能汚染に気がつきもせず、黒毛和牛を出荷し続けた。放射能汚染は目に見えず、牛も相変わらず、見た目には元気だった。

事故後一ヵ月以上経って、放射能汚染のデータがマスコミに公開された。すると、フクシマ原発から遠く離れた玉川の実家が意外にも激しく汚染されていることがわかった。政府は、実家周辺を計画的避難区域に指定し、両親も実家を離れることになった。

——問題は黒毛和牛だった。父にとって精魂込めて育ててきた黒毛和牛は我が子そのものである。しかし、避難先の仮設住宅には当然、連れて行けない。

成牛は家畜保健衛生所がサーベイ・メーターによって表面の汚染をチェックしたあと、屠畜《とちく》場《じょう》に出荷された。仔牛と繁殖用の雌牛は、同じくサーベイ・メーターのチェックを経て、域外の畜産農家に転売されていった。いずれも、原発汚染の怖れのある牛ということで、二束三文にしかならなかった。

父にとっては、長年形成してきた事業用資産の価値が毀損《きそん》し、収入の途が絶たれたことが衝撃だった。それに加えて、精魂込めて育てた牛たちとの生活、そして自らの一生を懸けてきた職業を突然奪われ、故郷を離れて仮設住宅で暮らすことは耐え難いことだった。

だから玉川も、できる限り週末は仮設住宅に帰省した。もともと口数の少ない父だったが、以前にもまして口数が少なくなった。昼間から床に臥《ふ》せっているようにもなった。医者からは、鬱《うつ》の初期症状であると診断された。

父に追い打ちをかけたのは、出荷した牛の内部被曝だった――。

もともと震災直後は、日本国内には、放射能検査の機器など、原子力発電所や一部の特殊な研究機関を除き、ほとんど存在しなかった。また、表面汚染などの外部被曝と体内に放射性物質が取り込まれる内部被曝との差異についての知識がある人間も、ごく限られていた。

父親の牛の移動にあたって、ガイガー・カウンターでのチェックは行われたが、そのチェックは牛の身体の表面の放射能を測定しているに過ぎない。牛の肉が放射能に汚染されているかどうかを測るためには、内部被曝の有無を検査しなくてはならない。そして内部被曝を測るためには、シンチレーション式の測定器が必要なのである。

外部被曝の数字は、単に牛の体表をよく洗えば下がる。このため、家畜保健衛生所の検査員は、牛の体表をよく洗ってから検査するよう指導していた。父は、検査員の指導に従ったに過ぎない。

フクシマ原発事故後、日本国中が取り憑かれたように食材の放射能汚染に神経質になるなかで、玉川の父の出荷した牛が槍玉《やりだま》にあげられた。

事故後半年経ったころには、日本国民もずいぶんと学習が進み、食材の放射能、内部被曝を測定するには、ガイガー・カウンターで表面を測定しただけではだめだ、という知識が広く知られるようになっていた。

東京や神奈川の幼い子どもを持つ、比較的ＩＱの高い、経済的に余裕のある保護者たちが、特に神経質になった。教育委員会を突き上げて、学校給食の食材のサンプル調査を求めたのだ。

父の牛は、フクシマ原発のあと、汚染された飼料や稲わらを思い切り食べ、汚染された水を大量に飲んで育っていた。放射能汚染は目に見えず、父には何の知識もなかったので、内部被曝した牛たちがそのまま出荷されていたのだ。

教育委員会の給食サンプル調査で、父の出荷した牛肉が検査された。そして、基準値を大幅に超える値が検出された。

教育委員会は直ちにその事実を公表した。こうして、どの学校でいつ出された食材が基準値を超えているかが各保護者に明らかになったのだ。

加えて牛に関して言えば、一〇年前の狂牛病騒動の結果、一体一体トレーサビリティ（追跡確認）の管理が行われていたので、生産者が父であることはすぐに特定された。

給食に使われる牛肉の放射線量が大幅に基準値超えをしているからといって、学校給食のなかで牛肉の使われている量はわずかである。食材全体で均《なら》してみると、子どもの健康に悪影響を与えるはずはない。しかし、そういった理性的な判断が下せる保護者たちは、ごく一部だった。

保護者たちは教育委員会に対し、「子どもたちに毒を食わせた」と言って抗議活動を展開した――矛先《ほこさき》は父にも向かった。

「フクシマ事故が起きて、やばいと思って、急いで出荷したんでしょうかっ？　生産者の倫理に失望しました。消費者の健康よりも、自分たちの金儲けなんですね！」

「体表をガイガー・カウンターで測定しただけで本当に安全だと思ったのでしょうか？　アリバイ工作としての検査だったのではないですかっ？」

こんな電話が、仮設住宅の父のもとにかかってきた。

新聞の投稿欄にも、

「給食のサンプル調査で見つからなかったら、永遠に不正が暴かれなかったのかと思うとゾッとします。こんな悪徳生産者に対しては刑事罰を科して、再びこうした行為が行われないように法改正をしていただくことを望みます」

という投書が掲載された。

インターネット投稿サイトでは、牛肉の個体識別番号から特定された父の名前が、罵詈雑言《ばりぞうごん》とともに掲載され、退避を余儀なくされた実家の写真が「殺人者の悪徳酪農御殿」と名付けられて掲載された。写真週刊誌もこれに続いた。

原発は事故を起こさない、という前提で、放射能汚染に無防備だった国や自治体と、事故が起きたあとのヒステリックな消費者との狭間《はざま》に、玉川の父は置かれ、標的とされたのである。

父の鬱はさらに重症となっていった。すると、実家が帰還困難区域に指定されることが政府から発表された。つまり、最低五年間は仮設住宅で生活することが確定した、ということだ。

……その夜、父は、一人こっそり実家に戻り、牛舎のひさしに首を吊って死んだ。

（7）

玉川京子は、父を死に追いやった原子力発電所に対して徹底的な復讐を誓った。

社会を変革するには民放テレビ局の記者という立場は両刃《もろは》の剣《つるぎ》だ。あいにく玉川が勤めるテレビ局は、元オーナーが日本への原発導入を主導したという歴史を持ち、フクシマの事故後も、原発に対しては極力ポジティブな編集方針を貫いていた。

社内には玉川の居場所は残されていなかった。玉川は、父の自殺のあと、葬儀等を済ませ、そのまま辞表を提出した。

玉川にとっての財産は、アナウンサーとしての全国的な知名度、男性を惹《ひ》きつける印象的な顔付き、記者として培った知識、そして官僚や国会議員とのネットワークだった。

そのネットワークを活かして、彼女は自然エネルギーに傾倒する事業家が設立した研究財団の主任研究員というポストを手に入れた。玉川の経歴であれば、時間にフレキシブルでそこそこの給料が保障されるこの研究員のポストを得ることは簡単なことだった。

スタンフォード大学名誉教授の青木昌彦《あおきまさひこ》によれば、日本の社会は「仕切られた多元主義」だ。人材の流動性が低いなか、それぞれの組織が独自の利益を極大化しようと志向すれば、全体としては最適な結果をもたらさない。人口ボーナス下で逃げ切れる団塊の世代は、それでいいのかもしれないが、人口減少の時代にあって、これから生きていく玉川たち若い世代は違う。

電力会社が、総括原価方式によってもたらされる超過利潤（レント）によって、政治家を献金やパーティー券で買収し、安全性に疑義のある原発が稼働し、再び事故が起こるということは、何としてでも避けなければならない。彼女の父親のような犠牲者を、もう二度と出してはならないのだ。

日本の社会は、組織のなかで個人が飼い殺しにされる構図である。多くの組織の中堅どころは、それに気がついている。

原子力規制庁のなかには、政治の圧力に負けず、活断層上の原発は廃炉にすべきだと思っている課長補佐がいる。資源エネルギー庁のなかには、電力料金の査定では個々の調達価格の単価にまで切り込んで、電力会社のレントを極小化すべきと思っている企画官がいる。電力会社のなかにも、自由化した環境の下で低廉《ていれん》で質の高い電力を供給し、競争条件下でも打ち勝つ「普通の会社」にしたいと思っている社員がいる。マスコミのなかにも、スポンサーの圧力に負けずに公正中立な報道をしたいと思っているディレクターがいる……。

こうした省庁の若い課長補佐や企画官に対する局長や次官といった幹部、電力会社の社員に対する社長、テレビ局のディレクターに対する編成局長……これらは一種の世代間闘争であり、逃げ切り団塊世代とその後に続く高負担世代との闘争なのだ。

幸か不幸か、テレビ局の既存のヒエラルキーから飛びだし、研究財団というゆるやかな組織にしか属さない自分……それが、これまでのネットワークを活用して、こうした組織間の間仕切りを破いて、人々を連帯させる。脱原発というフワフワと漂う民意を形にしていく。これこそが自分の使命なのだ。

「もうそろそろ、午後七時に、参院選東京選挙区でみごと初当選された山下次郎さんが登場しまーす」

とＮＰＯ代表がマイクを通じて群衆に紹介した。

群衆から、

「オゥーッ‼」

と歓声が上がった。参加者たちからしてみれば、既得権とのしがらみがなく、即時原発ゼロを明快に主張する山下次郎こそが、自分たちの真の代弁者なのだ。

山下次郎が官邸前に着いた。フクシマ後の脱原発のカリスマだ。山下に早速マイクが渡された。

「こんばんは、山下次郎です。ようやく国会の場で総理と対決できることになりました」

山下が第一声を発した。

「グゴォーッ‼」

と、先ほどよりも二段階ほど上の大音量で、歓声が地鳴りのように響きわたる。

「正直、当選して、前にも増して身の危険を感じています。国家権力と原子力ムラの利権に潰されるかもしれない。家族内の恥ずかしい話も、なぜか週刊誌に情報が流れました。でも、みんながこうやって監視してくれている……それが山下次郎にとってただ一つの身を守る術《すべ》なんです」

車道上の私服警官が、無表情のまま、なにやら小型のビデオカメラのようなもので、デモ最前列のメンバーの撮影を始めた。デモ参加者が携帯端末を使ってデモの様子をネット配信するのは日常的なことなので、私服警官が撮影する姿をパッと見るだけでは違和感がない。

私服警官を私服警官であると見分ける外見上のポイントは、耳にかけているイヤホンぐらいである。しかし、よく訓練された日本の警察組織の一員には、何とも言えず、一般のデモ参加者にはない独特の目つきや所作がある。元テレビ局記者の玉川にはよくわかっているが、他のデモ参加者は、私服警官がデモの様子を撮影していることに気がついていないだろう。

「いったい何のために撮っているのかしら」——玉川の胃のなかに何か気味の悪いドロッとした液体が流れ込む感触がした。

第四章　落選議員回り

（8）

同じく七月二六日金曜日夕方、玉川京子が国会議事堂前駅の出口に立った頃、日本電力連盟の小島巌は、羽田空港第二ターミナルのラウンジで、長崎行きのフライトを待っていた。

待ち時間の長い国際線のラウンジとは異なり、国内線のラウンジは、せわしなく人が出入りする。小島は、コーヒーを飲みながら、新聞を大きく広げ、夕刊各紙の見出しだけざっと斜め読みする。下手に知り合いと顔を合わせて、週末の行き先を詮索される必要もない。

これからしばらく、週末は落選議員回りだ。失意の落選議員を訪問することは、決して気乗りがする仕事ではない。

「このたびは誠にご愁傷様《しゅうしょうさま》で……」といった口上で始まる落選議員への訪問は、通夜や葬儀に参列する感覚にある意味似ている。生じてしまった落選という結果自体をどうこうするわけにもいかない。おとなしく伏し目がちに、済まなそうな表情を浮かべるのだ。

しかし、落選議員にも生活があり、これからも生きていかなければならない。これまで落選中だった元議員に当てがっていた私立大学の客員教授のポスト、非上場会社の顧問のポスト……これらを適当にシャッフルしたうえで、再チャレンジの意思がある落選議員にのみ、くれてやるのだ。

　これまでに十分な実績があり国政復帰の可能性が高い有力議員に対しては、議員本人のみならず、秘書の再就職先の面倒も見てやる。

　こうしたポストは、もともと関東電力を頂点とする関係企業で組織する「東栄会」の資金で維持されていて、単に割り当てていた人材が入れ替わるだけだから、誰の懐も露ほども痛まない。電気料金の形で大衆から広く薄く回収されたカネが原資だ。


　ラウンジで長崎行きのフライトのラストコールが鳴り響く。同じく関東電力から日本電力連盟に出向中の随行の総務部副部長が呼びに来た。小島は足早にラウンジから搭乗口を通り、そのまま機内のエグゼクティブクラスの座席に腰を沈めた。

　それにしても三年半の民自党政権はひどかった――。

　官僚主導から政治主導へ、政治献金の廃止、政官財の既得権トライアングルの打破、といった公約をマニフェストに掲げて政権交代を実現した民自党であるが、実際に政権を奪取した瞬間からメッキが剝《は》がれ始めた。

　その原因として挙げられるのは、第一に、議員の資質である。

　政官財の癒着の打破という理想に燃えて、あえて保守党ではなく民自党からの出馬を選択したという例外的な議員もいるにはいた。しかし民自党議員の多くは、ただ単に政治家になりたいが保守党からは出馬が叶わない、といった類《たぐい》の者たちだった。

松永経済政治塾で塾生としての経験を積んだが現実の組織を動かしたことのない奴、官庁や大手民間企業に入ったが組織のなかでチームプレイに徹することができずに飛びだした目立ちたがり屋、果ては、就職氷河期にまともな就職ができずにフリーターをしていた奴らだった。

政権交代後に、こういう連中に、手練手管《てれんてくだ》に長《た》けた官僚がご進講に伺ったり、パーティー券の購入という鼻薬を業界団体が利《き》かせたりする……すると、たちどころに、既得権擁護の先兵に変身し、マニフェストの実現阻止に動いていった。

平家の支配に音《ね》を上げた京都の皇族が平家追討の令旨《りょうじ》を出したはいいが、平家を追討し上洛《じょうらく》した木曽義仲《きそよしなか》の軍が京都で平家以上の乱暴狼藉《ろうぜき》をはたらく、といった風情《ふぜい》だった。所詮は国家権力を獲得するところまでが目的の集団で、獲得した国家権力の使い方の要諦については何の定見《ていけん》もなかったということだ。

民自党失速の第二の原因は、政党としてのガバナンスの欠如である。

たしかに保守党政権では、内閣の方針を党がひっくり返すという族議員の弊害《へいがい》があった。そこで民自党政権では、党と内閣の一致という理想を掲げて、政策決定における政府与党の一元化を図った。

が、しかし、もともと組織人的な立ち居振る舞いができない民自党の議員たちである。内閣と党とが一体化した部門別会議の決定に従うはずもなく、重要な政策の決定過程においては、「ガス抜き」と称し、何日もダラダラと党政調での放談会が続いた。彼ら彼女らには、いつまでに何をやるというスケジュール管理のノウハウも意思決定のルールもなかったのである。

ポピュリズムの悪弊も民自党を覆った。

特定の支持基盤のない、ただ風に乗って当選した連中だから、ワイドショーの主張には弱い。ワイドショーの司会者の主張に定見はいらないが、行政に定見がなければ、場当たり的な対応が国家の土台を崩す。にもかかわらず、民自党政権では、ワイドショー司会者の主張に押される形で、場当たり的に、その場その場で政策が決定された。その典型的な悪例が「原発ゼロ」の意思決定だ、と小島には思われた。

しかし、保守党政権に戻ったからといって、楽観はできない。

小選挙区二大政党制であれば、いつ振り子が振れるかはわからない。中選挙区制時代に比べると、個人の努力や資質だけで当選は保証されない。政治家がよりリスクの高い職業になったともいえる。

今回の保守党の一年生議員の顔ぶれを見ても、以前との比較において、議員の資質の低下は明らかだ。周辺が政治家にしたいと思うような人物が立候補をためらい、闇雲《やみくも》なリスクテイクを厭《いと》わない野心家や冒険家が候補者となっている。こんな奴らを上手におだてて一廉《ひとかど》の保守政治家に育ててやることも、小島の使命なのだ。

（9）

ガクン、という衝撃音が響いた。機内のドリンクサービスにすら気が付かないうちに、機体が長崎空港に着陸した。

金曜の夜だ。脳天気な電力会社の幹部であれば、筑紫《ちくし》電力の長崎支社長に料亭で卓袱《しっぽく》料理の設宴でもさせるのだろう。しかし小島には、そうした余興《よきょう》に時間を費やす精神的余裕も関心もなかった。随行の総務部副部長の案内に従って、タクシーで市内のホテルに向かった。

――関東電力がどの落選議員に梃入《てこい》れしているかなど、筑紫電力に知られる必要はないのだ。


翌朝、小島は、ホテルのバイキング形式の朝食を手早く済ませ、タクシーで民自党の落選議員の事務所を訪ねた。

地元市役所の水道局の労働組合あがりで、若くして県議を二期務めたあと、六年前の参院選で民自党ブームの風に乗って当選した人物。国会では経済産業委員会に所属し、民自党の政策調査会のエネルギー政策委員会のメンバーでもあった。

事務所は、中心市街地からやや離れた、郊外へつながるバイパス沿いの不動産屋の二階にあった。随行の副部長をタクシーの車内に残し、菓子折り一つ持って、外階段をトントンと小気味よく上がっていった。明るく挨拶する。

「こんにちはっ！　昨日、福岡で仕事がありましたので、週末を利用して、長崎にまいりました」

……もちろん嘘である。そして、小島は嘘をつくのも平気だった。そう、わざわざ長崎まで来たのではなく、ちょっと立ち寄った、という演出である。相手に心理的な負担感を与えないように、という心掛けであった。

小島は、一呼吸おいて、殊勝《しゅしょう》な表情をつくり、続けた。

「このたびは、本当に残念な結果となりました……」

頭《こうべ》を垂れる。数秒の時間が経った。

「まぁ、私の不徳の致すところです。有権者に理解されず、支持されなかったのは、私の責任です……」

先方は口を開いた。もう吹っ切れているようだった。小島は、勧められるがままに、どこかで拾ってきたような古ぼけた布地のソファに腰を下ろした。内心ではスーツに埃《ほこり》が付くのではないかと、少し気になった。先月、銀座の三越であつらえたもので、英国製の生地を使っている。

「……先生が、というよりも、民自党への逆風が大きかったですよね」

と、小島はしみじみと語る。

「まぁ、それもありますけどね……しかし、今回の選挙だって、当選する人間は当選しているわけですから。有権者に浸透し、支持を受ける努力が足りなかったのだと思います。私の不徳の致すところです。これからしばらくは雑巾《ぞうきん》がけですよ」

その通りだと小島は思った。出されたお茶をゆっくりとすすった。バイパスを走るトラックの音が、事務所の窓をビリビリ、ガタガタと振動させた。雑然として人気《ひとけ》のない室内……色彩のない部屋だった。部屋のサッシの建て付け一つ、調度一つで、カネがないことがよくわかる。

一呼吸おいて、

「……これからは、先生はどうされるんですか？」

こう小島は、おもむろに切り出した。

「六年後の参院選ですよね。まだ私も引退という歳ではありませんし、三年後は次の改選議員がいますから、六年後ですよね……六年先に民自党という政党が続いていたらですけどね」

先方は苦笑した。

「先生、首長は狙わないんですか？」

電力会社にとって首長は、国会議員と同等か、むしろそれ以上に重要だ。

「まぁ、それもにらみつつ、ということだろうと思います。とにかく政治へのファイティングポーズをとりつづけないと、そういう話も降って来ませんからね……」

そう、力なく呟く。小島は、出された不味《まず》いお茶を再度すすった。喉を潤すためではもちろんない。相手の表情を再確認するためだ。

「先生、日々の生活のほうはどうされるんですか？」

先方の顔に表れる苦悩を確信すると、小島はこう、恐る恐ると見えるようにして尋ねた。

「民自党で支部長を続けさせてもらえば、従来の執行部の方針だと、生活費込みの活動費を月三〇万はもらえるみたいですけどねぇ。まぁ、それじゃどうにもならんわけで……いくばくかの貯金を取り崩して、妻にも働きに出てもらって、それから、私も働きに出ないと……」

落選議員は呟いた。切り出すのはここだ。

「そこで、先生、ご相談なんですが……筑紫《ちくし》女子大学で教師を探しておりまして……」

満を持して小島が用意したカードだ。ゆっくりとした口調を保ちながら、トドメを刺す。

「長崎からは、車でも電車でも一時間で移動できますし。授業は月に一回、土曜日に集中して三コマ連続講義ということで結構です。平日でも構いません。肩書は客員教授になります。最近は女子大学生といってもキャリア志向が強く、公務員も就職先として、えらい人気です。そういった女子学生に、基礎自治体と県政と国政のそれぞれを経験された先生が、行政について、あるいは政治について広くお話しいただけると、女子学生も眼を開いて勉強します。報酬も、何も奥様が無理に働きに出られなくともなんとかなり、先生が政治活動に専念できるくらいはお出しできると思います。月一回、三コマだけお話しいただければ」

落選議員の表情が、にわかに華やいだ。

「……いやー、本当ですか？　そ、それはありがたいっ。いや、申し訳ないっ」

ここまで話すと、この何の政治的信念も持っていない男は、もう感極まったといった感じで、次の言葉が続かない。顔をくしゃくしゃにしている。小島のオファーのありがたみが骨身に染《し》みているようだ。

「いや、先生、気になさらんでください。私は、ただ、筑紫女子大からの依頼を受けて、おつなぎしているだけですから。あとは大学のほうから詳しい話を連絡させますから」

「ほ、本当にありがとうございますっ！」

頭を下げたままの落選議員を前に、小島は腰を上げた。

「いえいえ、頭をお上げください。飛行機の時間もあるものですから、私はこれで失礼いたします」

戸口で頭を下げたまま見送る落選議員をあとにして、小島はタクシーに乗り込んだ。

「じゃ、長崎駅へ」

運転手に総務部副部長が告げる。

「うまくいった。ダボハゼだな」

小島は副部長に、そうシンプルに伝えた。

長崎駅一〇時二〇分発の「かもめ一六号」に乗り込めば、昼前には佐賀駅に到着する。

（10）

佐賀に向かう列車のなかで、小島は有明海《ありあけかい》が一面に広がる車窓には目もくれず、これまでの自らの職業人生を反芻《はんすう》した。

小島は、東京大学経済学部を卒業したあと、関東電力に就職した。在学中は、周りの学生のように学生運動に走ることもなく、ノンポリを貫いた。東京出身の小島からすると、目の色を変えて何かに打ち込むというのはカッコ悪い、というセンスだったのである。勉強も遊びも中程度。強いて言えば、体育会の卓球部に所属していたのが、就職活動におけるアピールポイントだった。

国家公務員試験にも経済職で合格したが、順位は十人並みで、大蔵省や通産省といった当時の花形官庁には内定をもらうことはできなかった。少なくとも勉学の面では順調に進んでいた小島の人生で初めての挫折だった。だからかもしれない。花形官庁に内定をもらえなかったからといって、地味な二流、三流官庁に入って、安月給でハードワークをする気にはならなかった。

都会っ子の小島にとって挫折を認めることはプライドが許さなかった。電力という産業に特段の思い入れがあったわけではない。ただ、国家公務員とは別の道をあえて選択したことを正当化する理由が欲しかった。

たまたま古本屋で松永安左ヱ門の対談集を買い求め、国を支えるインフラを、官ではなく民でやるという志に共感した。公益は官だけではなく民でも実現できるのだ、柔軟な発想が生きる分だけ民のほうがいい……「電力会社は安定しているから」という母親の強い勧めも小島の背中を押し、関東電力への入社を決意したのだった。

関東電力では、入社直後の五年間は、地方の現場勤務を経験させる。小島は水戸支店に配属となった。

水戸支店の五年間は、東京出身の小島からすると、何とも歯がゆい日々だった。上司に当たる支店長といえば、ろくに仕事もなく、たまにロータリークラブの集まりや地元商工会議所の会合に出かけたり、地元市役所の幹部とゴルフに出かけたりするだけだった。

小島と同じ東大卒で、幹部候補生として入社し、支店長にまでなっている幹部が本来担うべき

「経営」と呼べる業務、それがこの支店には皆無であることは、新人の小島にもよくわかった。支店長室におけるゴルフのパッティング練習だけが、支店長の日課……松永安左ヱ門が標榜していた世界とは真逆の会社の実態であった。民間がすべてにおいて優れてはおらず、かつ効率的ではない、ということをしみじみ実感した。

日々の実務に関しては、地元で採用された高卒のベテランが、支店の総務課長として番頭のように取り仕切っていた。人事、経理はもちろん、慶弔《けいちょう》ごと、地元町内会でのお祭りへの提灯《ちょうちん》の寄付など、すべてが、前例と横並びを熟知したベテラン総務課長の指示で動いていた。

当時は、電気の検針や集金も電力会社直営でやっていたため、総務課長の仕事は、そうした現場の人々の労務上のトラブルへの対応が中心だった。そして、この総務課長の周辺を除いては、支店長室を筆頭に、支店全体に、何ともいえないどんよりと弛緩《しかん》した雰囲気が漂っていた。

電気料金という名の会社の売り上げは、天から降ってくる。景気動向には、それほど左右されない。努力してもしなくても、売り上げの結果は変わらない。創意工夫の余地もない。必然的に、支店の社員は、仕事の中身ではなく、仕事以外の事柄、それは、釣りであったり、鉄道写真であったり、日曜大工であったりと様々なのだが、いわゆる趣味に打ち込むのであった。

帰ろうと思えば、毎日、定時に帰ることができる。たまに総務課長との飲み会に付き合う以外は、残業といえば、のんべんだらりと勤務報告書を書いて残業代を生活費としてかせぐか、夏の水戸黄門まつりのサンバの出し物に出場するための練習で残業代をせしめるか、それくらいだった。

この水戸支店で、地方都市の人々と社会の現実を、小島は学んだ。同じ大学の同期卒の官僚たちや金融界に進んだ連中と比べると、小島の社会人生活は、なんとも地味で低次元のように思われた。

定時で必ず退社できるので、いっそアフター・ファイブに勉強して司法試験を目指そうかと、法律の教科書を買い込んで勉強を始めたこともある。しかし、支店の独身寮の生活では、プライベートと仕事の線引きが難しい。先輩から麻雀《マージャン》に誘われたり、後輩からの仕事の悩みの相談に応じていたり、というちに、五年間が過ぎてしまった。

今にして思えば、水戸支店で腐らずに堅く実直に仕事をしていたことが評価されていたのかもしれない。小島の人生が変わったのは、水戸支店の現場での勤務のあと、本社に戻り、総務部に配属されたことだ。当時の関東電力の総務部長だった蔵田六郎《くらたろくろう》に気に入られ、その後、蔵田が社長になったときには社長秘書、日本経済団体連盟の会長になったときには、会長秘書に引っ張られた。

蔵田の下で、小島は否《いや》が応でも「政治とカネ」の極意や財界での帝王学を学ぶことになった。蔵田と一緒に議員会館の国会議員を訪問すると、必ず帰り際に、「ちょっと、ちょっと」と、ベテランの議員秘書に呼び止められるのである。

「今度、うちの先生の会がありますから、よろしく。できる範囲でいいですから……」

こう言われて封筒を預けられる。なかには通し番号付きのパーティー券の束と振り込み用紙が入っている、という次第だ。ひどいときには、議員本人のパーティー券ではなく、所属する派閥の長のパーティー券が入っている、ということもあった。

もともと国会議員を訪問している趣旨は電力業界や経済界からのお願いごとなので、むげに断ることはできない。通し番号付きで、振り込みの際にその番号を振り込み名義人の頭に入力することが求められており、国会議員側からすれば、誰が何枚パーティー券を買ったか一目瞭然なのである。

伝統的には、長年、日本経済団体連盟は、奉加帳《ほうがちょう》方式と呼ばれる献金システムをとっていた。これは、東西冷戦下で資本主義体制を維持するという大義のもと、個別の会社と政治との間に一定の距離を保ちつつ、保守党単独政権を支えるために行われた。連盟の会長会社は何億円、副会長会社は何億円、会員会社は資本金規模や売上高に応じて一社平均何千万円というふうに、あたかも奉加帳を回すように集金して、これを保守党の政治資金管理団体に上納するものだった。

これ自体、株主の立場からすれば、株主の資金を経営陣が勝手に特定の政党に献金するものであり、背任行為となる可能性もあった。また、憲法上の政治活動の自由との関係でも論争となっていた。

しかし最高裁判所は、八幡《やはた》製鉄所政治献金事件の判決において、法人の政治活動の自由は憲法上保障されている、と判示し、この論争に終止符を打った。最高裁は資本主義体制の維持に一役買ったのだ。

この仕組みが大きく変わることになったのが、ロッキード事件だ。

政治とカネが大きくクローズアップされた事件を機に、当時の日本経済団体連盟の蔵田会長が、「日本経済団体連盟は政治献金の斡旋《あっせん》はやめる」と広言し、社会から喝采《かっさい》を浴びたのである。

蔵田の巧妙なところは、日本経済団体連盟としては政治献金の廃止という大見得《おおみえ》を切る一方、関東電力としては、会長、社長、役員、部長、課長に至るまで、社内のポジションに応じてポケット・マネーとして集金し、関東電力からの政治献金を、ロッキード事件以前と変わることなく続けた点である。

こうして電力のみならず、銀行、証券、ゼネコンといった一流企業から、パチンコ業界やサラ金業界に至るまで、政府と密接な関係にある業種は、このやり方に倣《なら》うことになった。これにより、社会に対しては、政治家と経済界とが距離を保っているように見せつつ、実態としては、個別の会社と保守党とが、より密接に、より不透明な形で結びつきを強めていくことになった。

（11）

小島が頭角を現したのは、政治改革の美名の下で小選挙区制が導入され、保守党と、保守党から分裂した新政党との間で二大政党制が成立するようになったときである。

従来の蔵田のやり方であれば、保守党と新政党との双方に保険をかけることになる。すると、個々の集金額を倍にして、二つの党に献金しなくてはならない。しかも、政党同士が小選挙区で競うということだと、資金面のニーズはエスカレートすることになる。その一方、小選挙区制の導入と同時に税金という公費で政党を支える政党交付金制度が導入されたため、政治献金やパーティー券購入については厳しく制限されることになった。

政治献金の量的規制が強化され、政治資金管理団体の収支報告書で一定額以上の献金やパーティー券購入は公開されることになったため、電力会社が表立って動くと、かなり目立つことになりかねない——そんな窮屈な制度となったのだ。

蔵田が日本経済団体連盟会長を退任したあと、小島は日本経済団体連盟から関東電力に戻り、本社の総務部総務課長に着任した。総務課長として小島は、関東電力の資材の調達先、燃料の購入先、工事の発注先、検針・集金業務の委託先等を一元管理し、政治献金する新しいシステムを考案した。

電力会社は地域独占が認められている代わりに政府の料金規制を受けているが、その料金規制の内容は、総括原価方式といって、事業にかかる経費に一定の報酬率を乗じた額を消費者から自動的に回収できる仕組みとなっている。

ただ、事業にかかる経費自体、電力ビジネスの実態を知らない政府によって非常に甘く査定されているし、経費を浪費したら浪費しただけ報酬が増えるため、電力会社としても、より多くの経費を使うインセンティブが内在している。そのため、結果として、電力会社から発注される資材の調達、燃料の購入、工事の発注、検針・集金業務の委託、施設の整備や清掃業務等は、世間の相場と比較して、二割程度割高になっているのだ。

――この二割に小島は目をつけた。

購入する金額が常に二割高であるため、取引先にとってみれば、電力会社は非常にありがたい「お得意様」となる。電力会社が取引先から「大名扱い」される謂《いわ》れでもあった。

現代の激動する経済社会のなかで、それぞれの企業がグローバルな競争にさらされている状況の下、電力会社は、取引先にとって二割増しの単価で仕事をくれる非常においしい存在であり、多少の利幅を減らしてでも確実に維持したいお得意様であった。

しかも、電力会社の調達先を調達分野ごとにランキングしてみると、子会社・関連会社、そして人的資本的な関係のある関係会社といった電力のファミリー企業はもちろんのこと、人的資本的関係がない会社であっても、なぜか受注の順番や比率が固定化されている。

小島は、この超過利潤である二割のうち、一割五分を引き続き発注先の取り分とする一方、残り五分については、電力会社を頂点とする取引先の繁栄を維持するための預託金としてリザーブすることを、取引先に提案した。取引先のうち気心の知れた仲間の企業を「東栄会」という名前で組織化し、各社受注額の約四パーセント程度を東栄会に預託するのである。

燃料購入を除いても、関東電力の外部への発注額は年間で二兆円もあるので、約八〇〇億円が、形式的には受注会社が東栄会に預託したカネ、実質的には関東電力が自由に使えるカネ、となる。

それ以外に、燃料購入でも、商社を通じてカネがプールされた。産油国の王家への接待や政治工作のための裏金が、スイスやケイマン諸島の銀行口座にプールされていった。

東栄会の会員企業には、「衆議院議員水野幸彦君を励ます会パーティー券一〇枚の領収書」、あるいは「筑紫女子大学への寄付講座」といった領収書が送りつけられてくることになる。

すなわち、小島の管理下の総務課に置かれた東栄会のパソコンから、エクセルで割り振った配分結果が記された私的メールを自動配信するだけで、各社においてカネが機械的に処理されるのだ。各社ごとに見れば、政治資金規正法による収支報告書への記載下限額未満であるから、名前は一切、表に出ることはない。

そして、東栄会の会長職は関東電力の総務部長が務めているが、これは職務としてではなく、個人として任意団体の代表を務めているという建て前である。カネの流れとしても、会員企業から東栄会への金銭の預託であるので、外形上、法律上は、東栄会の会長の薦めに従って、会員企業が自らの判断で、パーティー券なり、大学の講座に寄付をしているに過ぎない、ということになる。

法律上はまったく違法性がない、表には関東電力の名前がまったく出ない、それでいて政治献金の相手方に関東電力への恩義を感じさせることができる……これが、このスキームの優れた点であった。それに加え、関東電力の代わりに会員企業との商取引をかませることで、表面上は合法的な取引を装いながら利益供与することもできる。

関東電力の名誉相談役に退いていた蔵田以下、歴代の社長、会長も、この小島が生み出した集金・献金システムにゴーサインを出し、その後、関東電力の政界に対する影響力は急速に浸透することになった。

それだけではない。小島と関東電力幹部は、日本電力連盟を通じ、地域独占をしている他の電力会社九社にも、同様に、この集金・献金システムを導入することを強く勧奨した。

こうして、東栄会、道栄会、みちのく栄会、日本海栄会、東海栄会、近畿栄会、中国栄会、四国栄会、九州さかえ会、琉球栄会と、全国で地域独占を謳歌《おうか》する一〇の電力会社に対応した任意団体が、たった一年以内に誕生した。

さらに、業界全体の繁栄を維持するための共通の預託金として、各団体に預託されているカネのうち二割が、日本電力連盟に再預託されることになった。

——驚くべきことに、日本電力連盟自体も、法人格を取得していない任意団体であった。

総額一五兆円の売り上げを誇る業界でありながら、その業界団体が法人格すら取得していない……これは極めて異例である。日本の自動車、鉄鋼、電機、化学、通信、産業機械といった他の主要な業界団体はすべて法人格を取得しているにもかかわらず、である。

理由は何か？　それは、日本電力連盟が外部の介入を過度に警戒しているからである。

公益法人という法人格を取得したとなれば、主務官庁による検査や帳簿閲覧といった監督権が法律上及ぶことになる。実際には、よほどのことがなければ、主務官庁が実質的に公益法人の経営に介入してくることはないが、念には念を入れて、公益法人化を避けているのだ。

電力各社が決して国の補助金を受け取らないのも同じ理由だ。会計検査院の検査が入り、電力会社の秘部に外部の目が届くことを忌避している。国の補助金を受け取ると、政治資金規正法上、政治献金ができなくなることも、電力会社のそうした行動を正当化していた。

電力業界全体が外部に発注する金額の総計は、なんと五兆円もある。その上前の上前だけで、日本電力連盟には、四〇〇億円もの預託金が使途自由な工作資金として積まれることになる。

このプロセスに一つでも違法な部分があれば、内部告発などが表面化した際には、マスコミや司法当局も触手を伸ばすことが可能であろう。しかし、違法性がない以上、たまに暴露話として、その存在が外部に漏れることはあっても、決して広がることはなかった。

しかも関東電力の取引先は、東栄会からの指示にしたがって淡々とパーティー券の領収書を処理するだけで、相場より一五パーセントも高い取引額を安定的、継続的に享受できる……安定して関東電力から仕事を受注する限り、倒産する心配はまずない。経営権争いや女性スキャンダルなどによる内輪もめが起きない限りは、取引先から秘密がばれることはなかった。

そして関東電力自体が、取引先において内紛やスキャンダルが起きていないかどうか慎重にウオッチし、この集金・献金システムに綻《ほころ》びが出ないよう注意していた。

小島という一個人が編み出した集金・献金システムではあるが、誕生したあとは、日本の政治社会を支配するモンスターとして、独自の生命を得たように活動をし始めた……。

関東電力はもちろん、その最大の受益者だ。言い換えるならば、関東電力は、国の政策に関して拒否権を持つに至ったともいえる。

たとえば日本は、温室効果ガスの排出量削減について、国が約束した「京都議定書」の削減目標がありながらも、環境税も排出量取引も導入していない唯一の国である。「できないことは約束しない、できることだけ約束する」というのは、個人でも国家でも守らなければならない所作ではあるが、日本が環境税と排出量取引のどちらも導入できていないのは、関東電力が反対をしているからである。

関東電力一社が反対しさえすれば、温室効果ガスの一九九〇年比二五パーセント削減を日本国の総理が国際公約として掲げても、それは実現しなかった。

その一方で、このモンスター・システムは、もはや関東電力の手を離れ、独自の生命体として、その鼓動を強め始めた。多くの政治家が、この集金・献金システムの稼働を前提に活動し始めたのである。

こうなると、関東電力の一存で、このシステムを止めるということもできなくなる。システムを編み出したのは小島巌ではあるが、彼の一存ではもちろん、仮に電力会社一〇社の社長全員がこのシステムを止めようとしても、もはや政治との関係で止められない。

政党交付金が表の法律上のシステムとすれば、総括原価方式の下で生み出される電力料金のレント、すなわち超過利潤は、裏の集金・献金システムとして、日本の政治に組み込まれることになったのだ……。

こうして、公共事業への国家予算の分配がゼネコンの集金集票との見合いであることや、診療報酬の改定が日本医師会の集金集票との見合いであることと同様に、このモンスター・システムは、日本の政治に必須の動脈となったのである。

近年の構造改革路線で、ゼネコンや医師会の利権が痛めつけられていることからすると、もはや日本では最大最強の利権になっている、と言っても過言ではない。

佐賀では、別の落選議員が小島の前に跪《ひざまず》き、キンタマにほおずりしかねない勢いで、彼の訪問を歓迎した。

昔も一度落選経験があり、小島の訪問の意味を理解している。漫然と、薄く広く支援しても、相手にとってありがたみは薄い。国政復帰の可能性がある落選議員に絞って、生かさぬよう殺さぬようにしながら、一番苦しいときにそっと手をさしのべるのだ。

二大政党制といっても、衆議院であれば小選挙区三〇〇議席のうち、どんな風が吹いても確実に当選してくる地盤が安定した強い議員は、民自党と保守党ともに五〇人ずつくらいだ。よく巷《ちまた》では「二世議員は世襲でけしからん」と言われるが、現実には、世襲議員以外の一代で議員になった先生は、むしろ御《ぎょ》しやすい。いつ解散・総選挙があるかわからず「常在戦場」と言われる衆議院では、世襲以外の議員は、常にカネの心配ばかりしている、と言っても過言ではない。

カネが弱点であれば、カネで押さえ込めばよい。民意の振り子が振れる時代は、よりカネの影響を及ぼしやすくなる……。

――長崎と佐賀、土曜日の午前中だけで、将来的な二票を小島は確保した。

日本電力連盟が預かっている、年に四〇〇億円の、わずか〇・〇一パーセントの額で、数年後に民自党に追い風が吹いても、日本電力連盟に逆らうことはない、確実な票を買うことができた。

「脱原発のデモにどんなに人が集まったとしても、今日の午前中の二票ほどの力は持ちえない。

世の中はつくづく不平等にできている……」
小島はニヒルな笑みを片頬に浮かべながら、随行の副部長に、こううそぶいた。

第五章　官僚と大衆

（12）

「一気呵成《いっきかせい》に再稼働だ」——議員会館からの帰り道の公用車のなかで、資源エネルギー庁次長の日村直史は呟いた。

雲はまばらで、澄み切った青空の下、太陽がアスファルトの路面にいやらしいほどギラギラと光線を投げかけてくる。陽炎《かげろう》がゆれていた。

国会議事堂と霞が関との間の坂道は、霞が関から議事堂に坂道を上っていく一般人にとっては過酷ではあるが、よく冷房の効《き》いた公用車に乗って下りていく日村にとっては、何ら苦痛を感じることもなかった。

参院選後の臨時国会が、今日、八月二日に召集された。選挙直後の国会は数日だけ開催され、委員会構成や議席の指定、議長の選任といった形式的なことのみを決めるのが通例だ。七月中、参院選の応援に出払っていた国会議員が、開会日には皆、国会議事堂に参集した。

用事はなくても、アポイントメントはなくても、こうした日に日村は、衆議院第一議員会館、第二議員会館、そして参議院議員会館をグルッと一周し、懇意の議員の部屋を回っておく。それが日村の習い性《ならいしょう》だった。

議員本人とは会えてもいいし、会えなくてもいい。議員本人がいなければ、秘書に名刺を渡しておく。挨拶しに来たという痕跡を残すことが、国会議員に対する敬意と恭順の意の表現なのだ。労力をかけて損はない。

曲がりなりにも再稼働についての民意は得た。昨冬の衆院選に続き、今夏の参院選でも、脱原発を主張する野党各党が負け、保守党だけで衆参両院とも過半数を得たのだから、民意を得たと言えるだろう。

脱原発派は、保守党の得票は有効投票総数の四割に満たない、脱原発が票数の過半なのだから、脱原発こそが民意だと言うが、負け犬の遠吠《とおぼ》えだ。選挙制度のルールはルールだ。民意を議席に結び付けることのできない脱原発派の勝手な意見をそのまま聞いていたのでは、国政は遂行できない。政党間で異なる主張を選挙戦で戦わせ、選挙を通じて白黒がつけられるのだ。

むろん、与党も少数野党の主張にできるだけ耳を傾けなければならない、とは言われる。しかし、それは建て前に過ぎない……それが日本の政治なのである。

日村は資源エネルギー庁の次長室に戻るや否《いな》や、原子力規制庁の審議官に電話を入れた。原子力を推進する立場の者が、原子力の安全確保を司《つかさど》る者に接触することは、一般常識としてあまり適切なこととは言えない。

そのため、新設された原子力規制委員会とその事務局である原子力規制庁では、仰々《ぎょうぎょう》しく、業務運営の透明性の確保のための方針なるものを公表していた。原子力規制行政の中立性・公平性を確保するため「被規制者等との面談」は公開される、というルールだ。

ところが日村は、被規制者でもないし、電話は面談でもない。したがって、日村が原子力規制庁の審議官と何を電話で話そうとも、その会話の内容が公開されることはない。ルールというのは、いくらでも穴があるものなのだ。

……電話がつながった。

「おい、再稼働はどうすんだよ?」

日村は気安く尋ねる。

もともと日村と審議官とは、同じ経済産業省で同期の間柄だ。今回の原子力規制庁の設置で初めて、違う職場となった。

フクシマの事故を受けて、原子力の推進側の資源エネルギー庁と安全規制をする原子力安全・保安院とが同じ役所ではまずい、という認識が広がった。経済産業省という同じ役所の下で資源エネルギー庁と原子力安全・保安院とが馴れ合いを生じ、規制がなおざりにされたことがフクシマの事故の遠因となったからだ。そこで原子力規制庁が経済産業省から分離されて独立した。

さらに原子力規制庁の上には、政治からの独立性・中立性を確保するという趣旨で、原子力規制委員会設置法の国会審議の過程で、議員修正によって、原子力規制委員会まで設けられていた。

ただ、せっかく資源エネルギー庁から原子力規制庁および原子力規制委員会を組織として分離・独立したとしても、担当する職員が、推進官庁とのあいだで、ぐるぐるとローテーションで回っていたら、推進官庁の影響を原子力規制庁は受けざるを得ない……。

国会での審議の結果、少なくとも原子力規制庁の幹部職員は推進省庁には戻らない、というノーリターン・ルールが設けられた。原子力規制庁の審議官は、幹部職員として経済産業省には戻らない。したがって、経済産業省から人事的な影響力は行使されない、という建て前であった。とはいえ、一年前までは同じ釜の飯を食った間柄なのだ。ノーリターン・ルールがあるからといって、公開の場でなければ、他人行儀で話すことはむしろ難しい。

審議官が応えた。

「うん、まぁ、再稼働はボチボチだろな。さすがによー、政権替わってよー、一回参院選に勝ったらすぐ、原子力規制委員会のメンバーを総取っ替え、ってわけにもいかねえだろ」

極めて常識的なセンスだ。

審議官は続けた。

「あのクソ真面目な委員長、元技術者だからＫＹに見えるかもしれねえけどよう、一度は、独立行政法人原子力サイクル研究所の長にまでなった男だよ。機を見るに敏……風は読むよ。頑固一徹だったら、そもそも研究所の所長までは出世してねぇだろうよ。役所も独法も、同じだろ」

「じゃ、どうすんだ？」

日村は直截に尋ねる。

「まぁな、さすがに、あれだけ国会で、委員就任について同意をもらう際に、安全重視、安全重視と啖呵《たんか》を切った連中だからよ、政権交代でいきなり、活断層ではありませんでした、すべての原発で追加工事の猶予《ゆうよ》期間を認めます、ってトーンダウンするわけにはいかないよなあ」

「で？」

日村が促す。

「今はよ、五人の本委員も、その下の専門審査会の委員もよ、安全、安全って、カッチカチだろ。電力会社側は、これは褶曲《しゅうきょく》だ、膨潤《ぼうじゅん》だ、活断層じゃねぇ、って言ってんだから、褶曲や膨潤の専門家をさらに集めて専門的に集中して審議しますって、専門審査会とは別にワーキング・グループを置いちゃえばいいだろ。

先生のご知見をお教えいただきたい、とか言って、あらかじめ事前にお伺いして話を聞いて、思想信条をよおっくチェックをしてよ、目くらましで外国人とか女性学者とか入れちゃってよ……そのワーキング・グループで、これは褶曲だ、膨潤だ、活断層じゃねぇ、って意見を一致させちゃえば、専門審査会や委員会本体も、その専門家集団の結論を尊重せざるを得ない、ってことになるんじゃないの？」

——日村の思い描いていた通りの筋書きだった。

やはり同じ釜の飯を食ってきた間柄だ。思考パターンも同じである。

審議官も経済産業省時代の調子が戻ってきたようだ。

「でよう、原子力規制委員会の本委員の任期はよう、五年もあるから、懲戒事由がない限り、交替はさせられないけどよう。専門審査会の委員の任期は二年、ワーキング・グループの委員の任期は一年だからよ、問題児は、ワーキング・グループ・レベルから一人ひとり替えていきゃいいんだよっ」

審議官の勢いは止まらない。

「まぁ、日本原発だけはよう、モロ活断層の真上だしよ。あれだけはマジでやばそうだから、勘弁してくれよ。もう建ててから四〇年も過ぎてんだし、フクシマの三度のメルトダウンがあって、一つも原発が止まりませんでした、ってわけにもいかねぇだろ？

禊《みそぎ》ってか、生け贄《いにえ》ってか、トカゲの尻尾切りってか、まぁ、そういうケジメもつけなきゃよ、国民の皆さまも納得してくれねぇだろ？　原子力規制庁もそれなりに機能している、って世間に信じさせねぇといけねぇしな」

日村は受話器を持ったまま大きく頷く。一呼吸おいて、審議官は続けた。

「……まぁ、あとの原発は大丈夫だからよ。心配しねえで、俺に任せてくれよ。んでもって、みんなによろしく伝えといてよ。同期会には呼んでくれよな」

「よかった、安心した。同期会、一二月には連絡するよ」

日村は電話を切った。

資源エネルギー庁の日村が何か圧力まがいの言動をしなくとも、「阿吽《あうん》」の呼吸で応えてくれる――これならば、やりとりが万一誰かに盗聴されていたとしても、審議官はともかく、日村に火の粉が降りかかってくることはない。日村は清廉潔白《せいれんけっぱく》で何もやましいことはしていない、と言い逃れできる。

（13）

気が付くと、資源エネルギー庁の周りの群衆から、騒々しい音が、分厚く防音工事を施した次長室にも聞こえてくる。太鼓や鉦《かね》の音と罵声《ばせい》が入り交じる。金曜日の夕方六時だ。

それにしても、大衆は常に愚かで、そして暇だ。衆愚というのはこういう連中のことを言うのだろう。こいつらの言うことを聞いていたのでは、国の将来を誤ることになる。

もちろん、フクシマの原発事故は反省をしなければならない。これも、お決まりの枕詞《まくらことば》にしか過ぎないが……。しかし、だからといって、原子力エネルギーから一切背を向けるというのは、火傷《やけど》や山火事を起こした原始人が火を使わなくなるのに等しい。太古の昔、原始人も、火を使いつづけるかどうか議論したのだろうか？　原始人が火を放棄していれば、現代の文明には辿り着いていなかっただろう。

現在の大衆は、原始人よりも粗野で愚かで短絡的だ。

もちろん、太陽光や風力といったエネルギーが安価で豊富に供給されるのであれば、それに越したことはない。しかも環境運動の活動家の連中は、つい先日までは、石油や石炭といった化石エネルギーを温室効果ガスの原因として忌《い》み嫌っていたはずだ。

太陽光や風力は、お天気次第、風まかせなのは明らかだし、安定した基幹電源とはなり得ない。どうがんばったって、電気代は三倍になる。

原子力の値段には、廃炉の費用や事故対応のコスト、それから放射性廃棄物の処分コストが含まれていないといっても、そうしたコストが発生するのは遠い先のことだ。将来どんなに費用がかかるといっても、それを現在価値に割り戻せば、たいしたことはない。

大衆には、ある将来に受け取れる価値が、もし現在受け取れたとしたらどれほどの価値を持つか、それを表す「割引現在価値」という金融工学の初歩の理屈さえ、理解させることは困難なのだ。

その大衆は、きれいごとには賛同しても、カネはこれっぽっちも出さない。原発を再稼働させないと電力料金がどんどん上がる、という構図を示し、大衆に理解させれば、徐々に、アンチ原子力の熱は冷めていく。

デモに参加している狂信的な連中は、世の中のごく一部だ。

脱原発俳優の山下次郎が獲得した六六万票だが、その全部が狂信的な連中という訳ではない。保守党の勝利を漠然と不安に思うインテリ層や現代の経済社会に対する批判層の票が、狂信的な連中に触発されて、相当混じり込んでいるはずだ。デモに参加している連中と一般大衆とを分断して、一般大衆をフクシマの事故前の感覚に戻していけばいい。

「原発事故もいやだけれど、月々の電気料金の支払いアップも困りますよね」

と、ワイドショーのコメンテーターが呟けばよいのである。大衆は、ワイドショーのコメンテーターの意見が、翌日には自分の意見になるからだ。

そのためにも、電力会社の奴らがブクブクと経済的に太ってヌクヌクとした生活をしているなかでは、「値上げか、再稼働か」という二者択一を大衆に迫るわけにはいかない。まず、電力会社に徹底したリストラをさせる必要がある。

電力会社の連中を逆《さか》さ吊《づ》りにして、鼻血も出ないくらい身を切らせた、という公開処刑のショーを大衆に見せてやらないと、「値上げか、再稼働か」の二者択一の出題にまで辿り着けない。

原発事故直後は、「停電か、再稼働か」という二者択一を迫ったが、図らずも国民の節電意識が浸透し、原発が動かなくても電気は足りることが立証されてしまった……この手が使えないとなると、次は「値上げ」で大衆を脅《おど》すしかない。

電力会社の給与は、同じく規制業種であるテレビ局や新聞社と並んで高い。特にテレビ局は自らに火の粉が降りかかるのをいやがって、普通は業種別の給与を報道することを極端に嫌う。しかし、今回は違う。電力会社がチョンボをしたのだから、他の業界のことには触れずに、電力会社の給与が高いことだけセンセーショナルに報道すればいい。

電力会社の恵まれた福利厚生施設もテレビ的にはおいしい映像だ。一五万人の被災者がいまだ仮設住宅で生活しているという映像と対比させて、高級ホテル並みに豪華な福利厚生施設の映像を流す。豪華で安価な独身寮や社宅や病院も、大衆からは確実に嫉妬《しっと》の対象となる。

これまでは、公務員や国会議員が、大衆からの嫉妬の対象だった。公務員宿舎や議員宿舎がワイドショーで取り上げられるたびに、どんどん宿舎の規模が縮小され、賃料が値上げされていった。ただでさえ安月給の公務員にとっては、公務員宿舎の賃料の値上げは、実質給与カットそのものであり、生活は辛かった。

――ここで原発事故を起こした電力会社の一連の施設という新しい生け贄《いけにえ》が登場すれば、大衆の怒りはそちらに向かう。一九九八年の大蔵省ノーパンしゃぶしゃぶ接待事件以降、延々と続いていた公務員叩きが、これでようやく収まるのだ。

電力会社のリストラは、原子力の再稼働と公務員叩きの収束という一石二鳥の成果をもたらす方策だ。絶対に、徹底的に、完膚《かんぷ》なきまでに、やり遂げなければならない。

日村は、フクシマの事故で実質的に国有化されている関東電力の経営・財務調査委員会から取り寄せた福利厚生施設一覧を、公務員批判をうるさく展開している番組の記者にこっそり渡してやることにした。

電力システム改革も、再稼働の前に、一定の目処《めど》をつけなければならない課題だ。

大衆は常に「自分よりもうまくやる奴」を妬み憎む。

・公務員でもないのに競争がないなんて許せない。

・競争がないなら電力会社の経営は合理化がされていないはずだ。

・電力会社同士で競争させれば料金が下がるはずだ。

と大衆は思っているのだから、とにもかくにも、電力業界での競争原理の導入を謳《うた》った電力システム改革の実施を政府で決めて、これからは競争が起きると大衆に信じさせればいい。

とはいえ、戦前から続いている電力の地域独占である。いくらＩＴ技術が普及したからといって、いきなり競争原理を導入することは難しい。机上《きじょう》の理屈ではともかく、現実に小売市場をつくり消費者が電力会社を選別できるようにしたり、電力会社を発電会社と送電会社に分離したりする仕組みづくりは、ITシステムの開発を含め、五年から六年はかかるだろう。

気を付けなければならないのは、目的と手段を混同してはならない、ということだ。大衆の面前では大きな声では言えないが、電力システム改革は、最終目的ではない。

改革派官僚といわれる一部の役人までが、電力システム改革が至上命題であると信じているようだが、本当は、原発再稼働の手段に過ぎない。とりあえず、電力システム改革をやるぞ、といって大衆に啖呵《たんか》を切って、競争が起きると誤認させれば、大衆の溜飲が下がり、原発再稼働へのハードルをクリアすることになるだろう。

実際に、将来的に電力会社間で本当に競争を起こすかどうかは、また別の話だ。

郵政民営化や道路公団民営化が改革の途上で尻すぼみになったように、一時的な熱狂で既得権を崩しにかかっても、政権が長期間にわたって手綱《たづな》を緩めないようにしなければ、必ず既得権側からの揺り戻しが起こる。

経済官庁勤務である日村の専門性からすれば、電力会社同士が競争したほうが消費者余剰が増大することは、経済学の帰結として理解している。ただ、日村は同時に役人としてリアリストでもある。経済学の理屈や理想を述べているのでは、学者と変わらない。学者ではなくリアリストだけが現実を動かすことができる。

リアリストの日村なら、参院選後しばらくすれば電力システム改革への揺り戻しが必ず起こる、と確信できる。

現在の政治システムが電力会社のレント、すなわち超過利潤に依存している以上は、覚醒剤の中毒患者が覚醒剤を欲するように、政治家も地域社会も、電力会社のレントを必ず求めてくる。参院選後三年間は国政選挙がない。となると、世論の動向を注意深く読んで政権を慎重運転するインセンティブも、官邸には少なくなる。

さすがに、一〇電力体制の維持、あるいは地域独占の継続までは揺り戻されないだろうが、「電力システム改革はやりました」と保守党政権が胸を張りつつ、細かい穴がいくつもあって、実際には競争は進展しない状態、というのが現実の落とし所だろう。

日村にとって譲れない一線は、あくまでも競争のフレームワークのさじ加減は官僚が決める、ということだ。

電力市場における競争進展のベンチマークの一つは電気料金であるが、すべての電力システム改革の実施後に、電気料金が一割ほど下がるくらいのさじ加減でいいだろう。一割低下だけでは、諸外国と比較して、依然として割高な電気料金にとどまり、内外価格差が残ることになるが、「日本は島国だから」とか何とか言って理由は付けられる。

電力会社が民間企業であることを維持しさえすれば、電力会社の調達先・取引先には「競争が始まったんだから」と言って発注金額の割増分を削減しつつ、ある程度のレントを維持することは可能である。そこに、政治だけでなく、行政も群がる。規模を縮小した形で電力の蜜は温存されることになる……。

それでいい、とはさすがに日村も思わない。

ただ、国民が選挙で保守党を選んだ以上は、その論理的帰結が原発再稼働である。保守党と民自党という二大政党のいずれもが政治献金の廃止を公約として掲げない以上は、電力システム改革は進まない。最高裁判所も、八幡製鉄所政治献金事件のあと四〇年以上も、それを放置している。

日村も巨大な政治経済システムの一歯車に過ぎない。個人でできることには限界がある。巨悪を一役人が糺《ただ》すことはできない。正義の追求は、「朝経新聞」と報道ニュース番組にお任せしていればいい。

気が付くと、太鼓や銅鑼《どら》、鉦の音は収まっていた。夜八時を過ぎたのだ。

週明け月曜日の国会対応では、資源エネルギー庁に対する通告もなかった。日村が宴席もなく八時過ぎに帰宅できることは稀《まれ》であるが、たまに早く帰るのも悪くない。久しぶりに大学一年生の息子と語らうのも、彼の進路選択にとって意味のあることだろう。

「そろそろ、帰るよ。車、呼んで」

と秘書に配車を促した。

数分後、夜道の水銀灯から蛾が飛び立つように、不夜城の霞が関から、黒塗りの公用車が一台走り出していった。

第六章

ハニー・トラップ

（14）

玉川京子は、テレビ局記者で養ったフットワークのよさと、アナウンサーとして名前と顔を売った実績とで、たいていの場合、初対面の相手とも打ち解けて会話することができる。そして、テレビ局という組織を離れて自由人となった身軽さゆえに、硬直化した官僚組織やマスコミのなかで息苦しい思いをしている良識派をつなぐことに、自らの使命を見いだしていた。

どんな組織にも組織防衛本能はあるし、組織利益を最大化するメカニズムはある。それが組織内の問題にとどまっているのであれば、放っておいて害はない。しかし、それが広く社会に害悪を与えるのであれば、見逃すわけにはいかない。

本来、官僚は国益の実現のために働き、マスコミ記者は社会正義の実現のために働く。こうした大義を背負う尊い職業であるにもかかわらず、現実には、自らの省益や社の利権、挙《あ》げ句の果てには、上司の私腹を肥やす手助けや、幹部の快楽のために、国益や社会正義がなおざりにされる。

こうした理不尽《りふじん》さに不満を重ねる官僚や記者たちがいる。そうした不満のガスの圧力が高まり、その職を賭して暴発する者も一部にはいる。

経済産業省大臣官房付で退官した古賀茂明《こがしげあき》は、暴発した者の一人だ。玉川は古賀の言論界デビューの際には、心のなかで快哉《かいさい》を叫んでいた。

しかし、不満を持つ官僚や記者の圧倒的多数は、鬱屈《うっくつ》したエネルギーをひたすら蓄積している隠れキリシタンのようなものだ。息をひそめ、それぞれの官庁で、我慢しながら働いている。『日本中枢の崩壊』という古賀茂明の著作が霞が関の官僚に広く読まれているという事実は、良識派の隠れキリシタンが霞が関に案外多いことを示している。

フクシマの三度のメルトダウンの原因も解明されず、被災者も帰還できていない。こうしたなかで、事故の反省もなく、なし崩し的に再稼働を許すことなど、絶対に許されるはずがない。官庁や報道機関の組織的利益と国益や社会正義とのあいだには、必ず相克《そうこく》がある。

鬱屈したエネルギーを蓄積している密室の圧を上手に逃がしてやることが必要なのだ。原発事故に際し、原子炉格納容器の圧力を下げるため、放射性物質を含む気体の一部を大気中に逃がす「ベント」のように……。

もともと官庁は権力側で、マスコミは反権力側だ。お互いに警戒心を有している。官僚は、国益の担い手としてプライドは高いが、実に臆病だ。問題意識を持つ記者が接触してきても、心を開くことはまずない。変な記事が新聞に載って上司から疑われては出世に響くし、組織的利益と国益とに挟まれて心にさざ波が立ち、自分の組織の仕事の方針にブレや疑いを覚えることを本能的に忌避するからである。

しかし、鬱屈した思いを持つ官僚と問題意識の高い記者とを上手に誘導してやると、S極とN

極が惹《ひ》かれ合うように、するすると近づいていく。参院選をきっかけに、電力業界の政治力が復権し、地域独占が維持され、原発がフクシマの事故以前と同じように聖域化されることは、日本の国土を背負う官僚にも、社会正義を標榜する記者にも、我慢ならない事態だ。

そこで、玉川が触媒《しょくばい》になり、両者を結びつけることで、官僚と記者との共闘関係を成立させることができる。

問題は、エネルギーを蓄積して鬱屈した官僚を発掘する方法である。既に玉川には、様々な課題で過去に意気投合した官僚の知り合いが何人もいる。

参院選直後の七月二二日月曜日の午後、知り合いの経産省の若手管理職の携帯に、玉川は電話を入れた。

「すいません。今、一分だけいいですか？」

忙しかったり、周りに会話を聞かれたくない人がいたりしないか、念のための確認である。

「あっ、玉川さん！　いいですよっ、どうぞ、どうぞ」

相手は応える。アナウンサー出身の元記者と知り合いというのは、役人にとっても、ちょっとした自慢の種になる。それゆえ、反応はいい。

「あのー、原子力規制庁で、元気のいい人いませんかねー？　どなたかご紹介いただけるとありがたいんですけどー」

これは、直接紹介できる人がいれば、ぜひ飯を一緒に食わせてくれ、直接は紹介できないけれど、マスコミにオープンに語ってくれそうな人がいれば教えてほしい、という趣旨だ。

……一瞬、間が空いた。

「いやー、ぼくも直接はよく知らないんだけど……」

相手は口ごもる。自分のキャリアに降りかかるリスクを計算しているのだ。そして続ける。

「……原子力規制庁の総務課の総括補佐に出向している西岡君は元気がいいんじゃないかなぁ」

玉川は手帳を素早く取り出す。

「総務課の総括補佐の西岡さんですね？　どこにお住まいかわかりますか？　それから、下の名前も教えてください」

「ちょっと、待ってくださいね。名簿を見るから……」

名簿をめくる音がする。

経済産業省では、「経済産業省幹部・事務官・技官名簿」という名前のついた冊子に、入省年次順に、キャリア官僚の過去三ポストの役職、住所、電話番号を掲載して、キャリア官僚だけに配布されている。これを見れば、だいたい、どの期で誰がエースなのかは見当がつく。

「……ああ、あった、あった。西岡進《にしおかすすむ》……平成一一年入省、横浜の老松町《おいまつちょう》の官舎だ」

玉川の片頬に綺麗なえくぼができる。

「わかりましたっ！　ありがとう、助かりますー。じゃ、また、今度」

手短に電話を切った。

原子力規制庁の総務課の総括補佐というのは、原子力規制庁のすべての課長補佐の大とりまとめ役であり、筆頭の課長補佐である。間違いなく激務だ。このような激務をこなす官僚が、横浜の老松町の官舎に住んでいるとは、玉川にとって意外だった。

世間相場からすれば恵まれていると言われる国家公務員宿舎ではあるが、青山や六本木といった超一等地は幹部用、東山や三宿《みしゅく》といった近場は若手キャリア官僚用、横浜や大宮などは一般職員用と、事実上、区分されている。

最近は、国家公務員宿舎をいやがって入居しない若手が増えているが、公務員の薄給からすれば、格安の家賃で入居できる公務員宿舎はありがたい存在のはずだ。

キャリア官僚が多く住む東山や三宿であれば、他のキャリア官僚の目も気になるだろう。しかし、横浜の老松町であれば、キャリア官僚は多くはない。今から西岡課長補佐をキャッチする玉川には好都合だ。

（15）

「こんばんは、原子力規制庁の方ですよね？　お疲れさまです」

と、三崎口行の京浜急行のなかで、玉川は隣のつり革につかまる西岡に声をかけた。

西岡はキョトンとしている。

「私、再生可能エネルギー研究財団の玉川といいます。すいません、突然、声かけちゃって」

普通の男性は、見知らぬ女性に声をかけられても無視はしない。しかも、エキゾチックな容貌を持った魅力的な女性だ。もちろん西岡も、例外ではなかった。

「どこかでご挨拶していましたっけ？」

首をかしげながらも、にこやかな表情を見せる。

「いいえ」と、玉川は愛くるしい表情をつくった。「いつも、私、原子力規制委員会を傍聴させていただいているんです。毎回、事務局席でお見かけするものですから、つい……」と言って、
玉川は名刺を差し出す。

財団の研究員という名刺は、役人に対して、少なくとも警戒感は与えない。そして、委員会を傍聴しているという事実は、西岡にある種の身内意識を刷り込んだようだ。

「あっ、それはどうもっ、お世話になっています」

西岡も名刺を差し出した。

「……どこかでお会いしているような気がするのですが？」

西岡はそう尋ねながら、不躾《ぶしつけ》に玉川の顔をのぞき込む。

「私、以前、テレビ局に勤めていて、記者の前はアナウンサーを一〇年近くやってましたから
……」

玉川はそう答えながら、事実、原子力規制委員会を傍聴したときの記憶を手繰り寄せていた。

「ああ、そういえば、そうですねぇ。すいません、気がつかなかった、玉川京子さんですよね？

テレビ局から再生可能エネルギー研究財団に転職されていたんですか？」

西岡は申し訳なさそうに訊くと、「どうして、原子力規制委員会を傍聴されているんですか？」

と続けながら、玉川のタイトなシェイプのスーツ姿をまじまじと観察している。

当の玉川は、自分の女としての価値を、過不足なく、戦略的に、充分理解していた。「この電車、暑いですね」と言いながらジャケットを脱ぎ、白いブラウスの二つめのボタンをさりげなく外した。豊かな浅黒い乳房がつくる谷間を、西岡がちらりと横目で値踏みする。

「……うちの財団に出資しているステーク・ホルダーへのレポート用です。再生可能エネルギーを応援されている個人や団体が出資者ですから、原発の再稼働に関心を持っている方が多いんです」

西岡が視線を玉川の顔に戻したとき、彼の玉川に対する身内意識は、既に最高レベルまで達していた。同じ船、いや電車に乗った「同志」というわけだ。

こうして、玉川が繰り出す質問、再稼働用の新安全基準の内容や再稼働のスケジュールなどについての質問に対して、西岡はよどみなく答えていった。

車内の乗客は、酔っているか、そうでないとしても、無知蒙昧《もうまい》な、自分たちが導くべき大衆の一部だ。話している専門的な用語や内容を理解できるわけもない。西岡は玉川の胸の谷間のほうにこそ、注意を集中するべきなのだ。

玉川は遠慮せずに次々に質問していく。西岡も、基本的な対外応答ぶりのラインを外さない範囲で、精一杯親切に答えてくれた。

頃合いを見計らって、玉川は髪留めをとった。長いウェーブのかかった髪が肩先に広がる。西岡の鼻孔に、シャネルのアリュールのかすかな香りと、それとは別の甘美な微粒子が忍び込んできた……。

京浜急行では、横浜駅で、多くの乗客が入れ替わる。夜の時間なので、もともと乗客は酔っているか疲れているかのいずれかで、他の乗客の様子に関心を持つ者はいない。横浜駅からは二人は並んで腰をかけた。

玉川はわずかに左の西岡に体を寄せ、彼の右膝に手を載せている。電車が日ノ出町《ひのでちょう》駅に到着するときには、傍からは、二人は旧知の間柄のように見えていたはずだ。

「……それでは私はこちらで」

名残惜《なごりお》しさを隠そうとせず、日ノ出町駅で西岡が席を立とうとする。

すると、「せっかくだから、もう少しお話を聞かせていただけませんか？」と、玉川も立ち上がった。西岡は脂下《やにさ》がって見えないよう、しかつめらしい顔を維持することに細心の注意を払いながら、「一時間だけなら」と答えた。

「ここに、前から行ってみたかった焼き鳥屋さんがあるんですよ、いいですよね？」

玉川は改札口を先に出て、左に数十メートル進んだところにある焼き鳥屋の暖簾《のれん》をくぐった。「だるま」という名のその店は、庶民的な外見とは裏腹に、味も価格もぐっと高級なところだった。

二人は生ビールから始めて、すぐ焼酎《しょうちゅう》に移る。

「だいたい、ここだけの話、うちの幹部は、ほとんどフクシマに行っていませんからっ！」

西岡が大声を上げている。

「……原子力規制庁も経済産業省も、若い奴らは、順番にフクシマに行かされるんです。人体に影響のないレベルっつったって、東京の一〇倍以上は放射線がありますよ。結婚前の若い女の子だって、どんどん被災地支援ってことで、行かされてますよー。

ぼくだって今から子どもをつくるわけですし、正直、みんな不安です。でも、そこの仮設に住んでいる被災者の方々に、もっと放射線レベルの高いところへも帰還できるようにって除染対策を講じているんだから、ぼくらが不安だとか怖いとか言ってられませんよ……歯を食いしばって、支援に行っているんです」

西岡は続ける。その視線はまた、玉川の胸元にあった。彼女は今、右手で頬杖《ほおづえ》をつきながら西岡の話を聞いているが、自分の右の乳房がピンクのブラジャーから半分露出していることを知っていた。

「僕が許せないのは、年を取って、子どももいて、もう放射線を浴びたって平気な幹部が、ぜんぜんフクシマに行かないことですよっ！　安全な東京にいて、事故の原因もわかっちゃいないのに、原発を再稼働しようとしている。原子力規制庁の幹部も、『安全第一』って言いながら、資源エネルギー庁とは阿吽《あうん》の呼吸ですよ。

フクシマで避難されている住民とまともに話をした幹部なんて、ほんと一人もいないんだ。被災者の人たちとじっくり話をして、気持ちを共有したら、絶対に原発を動かしちゃまずい、って思うもの……。

　今まで原子力行政とは関係のなかった人畜無害な職員をフクシマに送り込んで、本当に悪い奴、資源エネルギー庁で原子力を進めてきた奴らや、原子力安全を飯の種にしてきた原子力安全・保安院から原子力規制庁に移ってきた奴らが、フクシマの実情を見ようともしない。そして、事故前と同じように、まるでフクシマの事故がなかったかのように、原発を再稼働しようとしている……こんなこと許されるはずがないでしょう!?」

　玉川の予想を遥かに超えて、目の前の男は、エネルギーを噴出させる。性的な暗示を与え過ぎたのかも知れない……実際、原子力規制委員会で初めて西岡を見たとき、その清潔感あふれる貴族顔をした長身の男に、悪い感情は抱かなかった。もしかしたら、この男に会う目的と手段が、既に一つのものになっているのかもしれない。

「……わかる、わかる。西岡さん、本当によく我慢してるよー。本当におかしいよ、それは。誰が聞いたっておかしいもの」

　──同じ船に乗った「同志」となった、しかし、成熟した牡と牝の思惑もある……二人の会話は止まるところを知らない。

「でしょ?　ほんと、うちの審議官なんか、頭の上から六ヶ所村の再処理の硝酸液をぶっかけてやりたいっすよ」

「わかる、その気持ちー」

「この前なんか、『もんじゅ』を再稼働させねぇと原子力の神話が完成しねぇ、なんてほざいてるんすよっ」

「何なんですか、原子力の神話って？」

「原発で出てきた使用済み核燃料を再処理してプルトニウムを取り出して、それを高速増殖炉で燃焼させると、投入した以上の量のプルトニウムが取り出せる、って理論上はなってる。だから、高速増殖炉を完成させればエネルギーを国内で自給できるようになる、って神話ですよ。でも、ご承知の通り、高速増殖炉の原型炉である『もんじゅ』は故障続きで動かない……」

大きく頷く玉川に気をよくして、西岡が続ける。

「そもそも、高速増殖炉なんて、理論上はともかく、現実には動きませんよ。諸外国だって、みんな断念した。だいたい、水の代わりに金属ナトリウムで炉を冷やす仕組みなんですよっ。水ですら、フクシマの事故のとき、あれだけ苦労しているんですからね……。液体の金属ナトリウムが少しでも冷却配管から洩れたら、空気と反応して発火するんですよ。あぶなくてしょうがないですよ」

「そうなんですか、本当なんですかー？」

玉川は酔眼を装っている。ただ、自分でも酔いたい気分になってきた。西岡のプレスがしっかり利いた真っ白いワイシャツに覆われた、意外と筋肉質なその胸を見てみたいと思った。

西岡は彼女の心の内を知ってか知らずか、ワイシャツの袖《そで》をたくし上げた。東京大学体育会バレーボール部副主将の片鱗《へんりん》は、まだ残っている。

「……でも、高速増殖炉が完成しない、と認めちゃったら、最終的には国内でエネルギーの自給をするという原子力の神話が崩壊しちゃうわけですよ」

玉川は誘われるように、西岡の腕に視線を落とす。

「……神話が崩壊すると、何が問題なんですか？」

西岡が勢いづいた。

「再処理をすることで、一〇万年先まで放射線を出し続ける廃棄物がプルトニウム資源に生まれ変わる、というはずだったのに、高速増殖炉で使えなければ、もう一回普通の原発で使うしかない……。

けれど、普通の原発ではプルトニウムが増えるわけではない。せいぜいウランの代わりに使えるので、資源の多少の節約になるだけ。でもウランは世界中に豊富にあるし、仮に陸のウランがなくなっても、海中から採取が可能です。わざわざコストをかけて再処理する必要もないんです」

玉川は黙って頷く。今ではブラウスのボタンを、さらに一つ外している。西岡はもう、誰に憚《はばか》ることもなく、彼女の胸の谷間に視線を這わせている。煌《きら》びやかな深紅の口紅のグロスで形づくられた唇が、半開きになっている。西岡はゴクリと喉を動かした。

「……原発を動かすと、一〇万年ものあいだ放射線を出し続ける核のゴミが出てくる。もちろん、フクシマのような事故のリスクもある。費用も思ったほど安くはない。これじゃ、原子力は否が応でも進まない。進めるメリットがないですから。

だからこそ、絶対に『もんじゅ』は動かさなくてはならない、ということなんです。原子力の政策的な正当性を維持し、原子力ムラの飯の種を維持するためには、『もんじゅ』が動くと言い続けないと、原子力の神話が崩壊する……」

「ひどい話ですねー、ホント」

玉川は溜息をつきながら、テーブルから右側にはみ出させた脚を組み替えた。西岡の網膜に、真っ白なものが焼き付けられた。

「……だ、だから、絶対に、原子力ムラの連中は、『もんじゅ』を動かしてくると思いますよっ。多少、高速増殖炉を高速炉とか名前を変えたりして、お化粧直しはするでしょうけどね。国際共同研究といった体裁《ていさい》を取り繕《つくろ》ったりしてね」

玉川は脚を、これ見よがしに再度、組み替える。

「高速増殖炉と高速炉の違いはなんですか？」

西岡は慌てて視線を玉川の顔に戻した。

「……い、いやー、違いなんて、素人《しろうと》にはまったくわかりませんよ。高速増殖炉はプルトニウムを増殖させられるけど、高速炉はプルトニウムを専焼するだけなんですけどね。まぁ、そんなに変わりません。

とにかく、世の中からの逆風が強いので、とにもかくにも一歩譲ったという形をつくるだけのアリバイ工作です。でも、記者クラブに所属する記者なんて、ポチのように口を開けて、役人からエサをもらうのを待っているだけだから、面白いように騙《だま》されてくれますよ」

かつての玉川の仕事ぶりを批判されているようであった。しかし、この「仕事」は首尾よく運びそうである——。

（16）

西岡が経済産業省から原子力規制庁に出向となり、割り当てられた官舎が横浜の老松町である。組織から愛されていない、大切にされていない、という拗《す》ねた感情があるのは確かだ。

問題は、この西岡の魂の叫びを、どのようにマスコミにつなげるかだ——。

官僚の心を開かせて報道するのは、本来マスコミの記者の仕事だ。しかし、いきなり記者が相手となると、官僚が心を開くのは難しい。

それに、最近の若い記者は、かつての玉川と比べても、記者クラブに完全に依存し、横一線の報道に安住しがちだ。夜討ち朝駆けといった、ハードなわりに結果が保証されていない取材活動には、まったく乗り気ではない。

そうであれば、その部分を玉川が勝手に請《う》け負《お》って、脇の堅い役所の壁に割れ目を入れる……割れ目から流れてくるネタを、親しい記者に分け与えてやる……玉川は記者ではないから、手柄《てがら》を立てる必要もない。広く世の中に知らしめられればそれでいい。

……酒はどんどん進んだ。玉川も西岡も、ずいぶんと飲んだ。

西岡には、真っ白なブラウスの下の肌から、玉川の汗の湿気が感じられるようだった。アリュールの香りは、電車のなかのものより、もっともっと甘美なものに変わっていた。

「……西岡さんも、天下のお役人さんなんだから、世の中よくしないとだめですよね。いったい全体、今どうやって世の中をよくしてるんですか？」

口を尖《とが》らせ、甘えた口調で、玉川は問い詰めるふりをする……グロス系の口紅を塗った唇が、森の小動物のように蠢《うごめ》く。西岡は、否応なしに、そこに目をやらざるをえない。

「……い、いや、わかりますよ、玉川さん。でもね。私は単なる一課長補佐ですよ。上に課長とか審議官とか次長とか長官とか委員長とか、上司がいっぱいいるんですよっ。私一人がどうこう言ったたって、どうしようもないんです。

ホントはマスコミが、もっと原子力規制行政を厳しく監視してくれたら、いい加減なことはできないはずなんですけどね。まぁ、向こうの記者さんたちは素人ですし、こっちは専門家集団の強みがありますから、どうしてもこっちのペースになってしまいますよね」

玉川は、西岡が、自分の言うとおりに動く男になったことを確信した。あとは何度も自分の脚を組み替え、冷静に自分の頭のなかを整理していくだけだ。会話はテンポよく続いた。

「……西岡さん、原子力規制庁のなかでは、どうして、健全な議論ができないの？」

「もちろん、表向きは『安全第一』ですよ。でも当然、幹部たちは、政権からわざわざ注文がつかなくたって、保守党政権の幹部の顔色を窺《うかが》っている。

それに、もともと、みんな原子力で飯を食ってきた人たちですよ。原子力にブレーキをかけると言ったたって、本当に原子力が止まっちゃったら、自分たち原子力規制庁の仕事もなくなっちゃいますからね。そこは、徹底してはできないですよ。時の政権が『再稼働は急がなくていいから、とにかく徹底的に安全性を追求してくれ』という明確なメッセージを出せば、別なんでしょうけどね。

今の政権は、表立ってアクセルは踏めないけど、状況を察して、できるだけ早く安全性のゴーサインを出してくれっていう、逆の感じですし……」

「そうなんだ？」

「むしろ、民自党政権の下で、さんざん『原子力ムラからの決別』なんて、原子力規制庁も原子力規制委員会の委員も言ってきたわけですから、どうやって世の中にたたかれずに、徐々に軌道修正するか、って感じですよ」

「それじゃ、まずいじゃないの？」

「そうなんですよ。規制当局の意識は急速にフクシマ以前に戻ってますよ……」

西岡は久々に彼女の胸元から視線を外した。隣のテーブルの男が吐き出したタバコの煙に目を細め、聞こえるか聞こえないかの声でつぶやいた。

「あいつらに任せてはおけない……いや、このままなら、原発はまた、必ず爆発します……」

幼少期から膨大な時間とエネルギーと、そしてカネを注《つ》ぎ込まれてエリート教育を受けた西岡が、「レント」を忘れ、自分たちキャリア官僚の越えてはならない境界線を越えた瞬間だ。

玉川はもちろん無能ではない。装っていた酔眼を細め、西岡の目を正面から見据えた。

「……それで、西岡さんはこのままでいいと思っているの？」

玉川に見つめられた西岡は、既に彼女の虜《とりこ》だ。

「いや、絶対にそんなことはないっ！　でも、正直、どうやって止めていいか、わからない……」

西岡は率直だ。さらに鬱屈した心を吐露《とろ》する。

「マスコミも突っ込み不足だ。もっと裏の意図を汲《く》んで先回りして叩かないと……俺がマスコミだったら、もっとやりようがあると、いつも思うんですけどねぇ」

玉川の栗色の瞳の瞳孔《どうこう》がせばまった。太陽光の弱い場所で育ったがゆえに受け継いだ先祖のDNAが、甘美な息をする。

「わかったわ。そこで、提案があるんだけど……」

玉川は西岡の目を覗《のぞ》き込んだ。西岡には、何かとても重要な話が伝えられることがわかった。

「……西岡さんの一生にとって本当に大事な判断だと思うんだ。このまま原子力ムラの悪巧みを苦々しく見逃すのも一つの手。原子力規制庁や、出向から戻ったあとの経済産業省の組織のなかで、出世はするかもしれないけれど、まぁ不作為犯だよね。フクシマの反省なき再稼働の片棒を担ぐことになるわ。そして、あなたの言葉を借りれば、原発はまた、必ず爆発する……。

もう一つの手は、自らが主人公になって、歴史のページを進めること。天下国家のために官僚になった以上は、原子力ムラのためにではなく、日本のために、真剣に、何がいいかを判断して、それを自分の力で実現する……フクシマの反省を踏まえて、政策を変える……」

玉川は、ここで話を切った。酔眼を装う余裕がなくなってきたのかもしれない。すると、間髪を入れず西岡は答えた。

「もちろん、原発事故はもうごめんだ。日本のために働きたいさ。でも、そのためには、いったい全体、何をしたらいいのさ。俺は、ただの課長補佐ですよ……」

「課長補佐だからこそできることがあるわよっ。管理職で責任のある立場だったら、軽々にはできない冒険ができるでしょ。何かあったって、責任を取るのは、あなたの上にいる管理職。彼らは責任を取るためにいるのよ。あなたと比べて高い管理職のお給料は、責任を取るためにもらっているんでしょ？」

西岡は、ぬるくなったレモンサワーをゴクリと飲み干した。

……もともと、原子力規制庁に出向したことはハッピーではなかった。ちょうど、局や庁の筆頭課の筆頭課長補佐というのは、課長補佐年次の卒業のタイミングだ。出世レースで同期でも先頭に立っている集団は、大臣官房の総務課や秘書課に配属される。

西岡は有能ではあったが、正義感が強く、誰に対しても自分の信条を曲げずにぶつけるので、直前のポストで上司に疎《うと》まれていた。

正義感の強さは、上司の手にかかると、「鼻っ柱《はなっぱしら》が強く、子どもだ」という評価になる。さして優秀ではなく、将来的に出世もしないことは明らかな上司ではあったが、そんな上司でも、部下の足を引っ張ることだけはできる。

その結果、西岡は、筆頭課長補佐のレースでは、経産省内の大臣官房はおろか、各局や外局にも残れず、原子力規制庁に出向する、ということになった。これは同期のなかでも、出世レースでは、大臣官房、内局や外局に続く、第三集団に位置づけられたことを意味していた……この序列を覆すには、ただ単に、今後の職業人生で、上司に歯向かわずに大人しくしているだけでは足りなかった。

（17）

「具体的には何をすればいいのかな？」

西岡はこう尋ねた。もう、酔いは覚めていた。

玉川はしかし、一枚上手だ。また、しどけない様子で脚を組み替えた。

「……これは二人だけの秘密にしましょう。二つ提案があるの……」

西岡は頷いた。玉川のタイトスカートの奥に、また白いものが見える……香水と汗だけではない、まったく別の空気が自分を包み込むような感覚にとらわれた。これをオブセッションというのか……。

玉川は余裕綽々《しゃくしゃく》で続ける。

「……まず最初に、良識のある信頼できる記者を紹介しますので、一度、私的な勉強会をしましょうよ。マスコミも、社長とか幹部の連中は、政権とすぐにツルみたがるわ。マスコミだって営利企業だから、広告局とか事業局とか、電力に飼いならされている連中もいっぱいいるし、単純な正義感だけでは、なかなか社内を通らない。そういうなかで憤死しそうになっている記者もいっぱいいるのよ。そういう記者と、組織を超えて、日本のために共闘してほしいのよ。もちろん、完全にオフレコでいいわ。あなたの名前も、あなたと私的な勉強会をしていることも、絶対に表には出ない。そこは信頼してもらっていいわ。仮に出すことになったら、必ず事前に記事の原稿は西岡さんに見せるし、書き方はせいぜい『経産省関係者』よ……」

官僚の口を開かせるポイントは、「匿名性の保証」だ。

身分が「現役経産省課長補佐」「現役原子力規制庁課長補佐」といった表現では、警戒心はそれほど緩まない。必ず犯人探しが始まるからだ。しかし、「経産省関係者」という表現であれば、それは経産省の現役官僚なのか、経産省のＯＢなのか、経産省関係の団体の職員なのか、まったくわからない。犯人が特定される怖れがなければ、いくらでも話をするのだ。

「マスコミも、政府と対立する内容の取材だと、政府から情報が入らず、知識不足なのよ。さっきマスコミは突っ込み不足だって西岡さんは言っていましたけど、それは仕方ないわ。省庁には何百人、何千人と職員がいるけれど、各省庁の担当の記者は数名でしょ？

対等の陣容じゃないんだから、教育しないとついてこられない。ここが攻めのツボだってのを教育してあげてほしいのよ。マスコミが健全に育たないと、原子力規制庁だって、緊張感を持って再稼働を認められないでしょ？」

西岡はニヤリと笑った。

「……まぁ、記者に対するバックグラウンド・ブリーフィングということであれば、何にもおかしいことはないですよね」

「そのとおりよ、ふふっ」──ポンと軽く、玉川は、テーブルの下で西岡の膝をたたいた。

「……もう一つの提案はね。武器を用意してほしいのよ。原子力ムラの野望は、世の中ではいろいろ語られているけれど、決定的な証拠がないでしょう？

たとえば、再稼働の報告書の起草過程で、安全性が、電力業界や政治家の圧力で捻《ね》じ曲げられていく変遷を文書の形で押さえるとか、『もんじゅ』を再稼働させねぇと原子力の神話が完成しねぇ、なんて言っている審議官の個室にICレコーダーとかセットして、密室での会話を隠し録りするとか……何でもいいのよ、原子力ムラの野望を阻止できる証拠が押さえられれば」

玉川は努めて明るく語る。しかし、西岡の表情が曇った。

……十数秒が経過した。他の客はもうすべて帰っていた。カウンターのなかの親爺も、店の外で煙草を一服しているようだ。店内は静かだった。ただ小さく、テレビのニュースの音声だけが流れていた。

「それって、犯罪じゃねぇの、犯罪はお断りだな……」

西岡がボソリと言う。しかし玉川は勢いを得たようにたたみかける。

「ちがうわ、正当防衛よ。正当防衛……急迫不正の侵害に対抗することは、正当防衛として刑法上も認められていますよね？　安全性の検証もしないまま再稼働に持ち込もうとする原子力ムラこそが、国民の安全に対する侵害行為をしている……それに、西岡さんが他人に話しさえしなければ、絶対に尻尾はつかまれない、でしょ？

ここは信頼関係よ。あなたは、業務上必要な書類や電子ファイルを自宅で仕事をするために持ち帰ることにした。帰り道に、ファミレスに立ち寄って食事をした。食事の途中で、書類や電子ファイルを机の上に置いたまま手洗いに立った。それを隣に座った他人が、あなたの気が付かない間にコピーした。あなたはコピーされたことに気が付かずに、そのまま家に帰って自宅で仕事をした……そういうことなんだから、それのどこが違法になるの？」

西岡は沈黙した。ここぞとばかりに玉川は、両手を顎《あご》の下で組み、自分のふくよかな胸の谷間を強調した……西岡の大脳では、メルトダウンが着実に進行していた。

玉川は勝ちを確信した。

「……あなたは、ただ、暗い洞穴のなかに向かって見聞きしたことを一人で呟くだけ……独り言よ。ところが洞穴のなかにたまたま人がいて聞いていたという話……それも違法ではないでしょう？」

玉川はわざと声をひそめた。

「……こうしなければ、絶対に原子力ムラには勝てない。記者に武器を渡してやらないと絶対に勝てない。だから、これは正義の実現だと思うわ」

既にぞんざいな言葉に変わってしまった玉川の口調に、西岡は、むしろ好ましいものを感じていた。頷きながら時間をチェックする。時計の針は深夜一時を回っていた……。

第七章　嵌められた知事

（18）

八月末は、お盆を地元で過ごした国会議員が上京してくる季節だ。そうした保守党の衆議院経済産業委員との暑気払いの宴席を終えた小島巌常務理事は、日本電力連盟の個室に戻ってくつろいでいた。

今日の宴席は、当選回数の少ない若手議員を中心に、日本電力連盟が設宴した。若手議員では、とても来られそうもない最高級の座敷である、赤坂の福田屋で接待したのだ。

値は張るが、丁重にもてなす姿勢は伝わるはずだ。昨年末の衆院選で、電力会社が事前の選挙活動を下支えしていたおかげで、取りこぼしはなかった。当然、各議員とも、電力会社には好意的だった。

「電力システム改革の流れは私どもも理解をいたしてはおりますが、電力市場での競争が機能するためには、やはり電力市場に充分、電気が供給されることが前提となります。そのためにも原発の再稼働は必須でありますので、再稼働の状況を見極めながら、電力システム改革の実施スケジュールは、どうか柔軟に対応できるよう、先生方からご指導をお願いします」

小島が控えめに説明すると、彼らは口々に、こう叫んだ。

「とにもかくにも、日本の産業を支えてきたのは、地域電力会社による安定供給があったからだっ！」

「欧米流の自由化を安直に日本に導入するのは脳天気すぎる。自由競争で誰も供給責任を負わなくなったら、貧しい人や過疎地の住民に電気が供給されなくなるのは理の当然だっ！」

国会議員相手の宴席では、相手のペースに合わせて多少酒を飲むが、小島にとっては純粋な仕事なので、酔っぱらってしまうことはなかった。一〇万円の商品券付きの果物籠《くだものかご》のお土産《みやげ》を載せたハイヤーに議員が乗り込むのをお見送りし、日本電力連盟に戻ったが、まだ、ぜんぜん飲み足りない。

……冷蔵庫から冷えたエビスビールを取り出し、広報部が毎日セットしてくれているビデオをつけた。

「フクシマ原発の事故の原因は、津波なのか、地震なのか？　まだその原因が究明されていません。その原因究明がなされて、その対策が講じられるまでは、新崎原発の再稼働の是非を問う前提が満たされませんっ！」

新崎県知事の伊豆田清彦《いずたきよひこ》が画面で語りはじめた。新崎県民テレビのローカル・ニュースだ。

「そして、周辺住民の避難計画もまだ策定されていません。いざ事故が起きたら、どうやって速やかに住民は避難するのでしょうか。自動車の大渋滞が起きるのではないでしょうか」

新崎県知事の伊豆田は、いつも正論を吐く。それも明快だ。県民支持率も八〇パーセントを超え、全国一位の絶大なる人気を誇っている。しかも身辺は、正真正銘、清廉潔白《せいれんけっぱく》だ。

ようやくの政権交代と衆参ねじれの解消で、原発再稼働に向けた巻き返しの基盤はできた。原子力ムラからはもう、あとは球が坂道を転がり落ちるように再稼働に向けて進んでくれるだろうと、安堵《あんど》の声さえ聞こえてくる。残された問題は、この新崎県知事だけである……それを、どう追い落とすか。

戦前であれば、都道府県知事は官選であった。任期が終わったといって、内務大臣の辞令一つで中央に戻せばよかった。ところが、戦後、ＧＨＱが押し付けた民主主義憲法の下で、地方自治が保障され、中央が決めたことでも、地方自治体の首長が事実上の拒否権を持つようになってしまった……。

都道府県知事や市町村長といった首長は、直接、住民からの選挙で選ばれるため、アメリカ大統領並みの権限が、地方自治法上与えられている。そのうえ、二〇〇〇年に機関委任事務が地方自治法上廃止され、法律上、国と地方自治体が対等という建て前になると、それぞれの地域においては、内閣総理大臣以上に、都道府県知事や市町村長の権限が絶大なものとなってしまった。

原子力の分野では、この傾向はさらに強く、法律上は県や市町村の権限など、まったく明文化して規定されていないにもかかわらず、「地元の知事や市町村長の同意がないと原子力発電所の稼働はできない」という、事実上のルールが定着してしまっている。

とはいえ大抵の場合、市町村レベルでは首長は地域社会に同化しており、カネとしがらみで搦《から》め捕ってあるので、電力会社の意向に盾《たて》を突く市町村長はいない。

原子力規制委員会は、近々ほとんどの原発は安全だと言ってくれるだろう。関東電力のなかで最大七基を擁する新崎原子力発電所も、新しい規制基準を満たすと判断されることは間違いない。

唯一の懸念はフィルター付きベントの設置だが、「実際の稼働までに設置すればいい」と、原子力規制委員会は設置に猶予《ゆうよ》を認めてくれた。知事は、「ベントの設置工事にも事前同意が必要だ」と言っているが、安全のための工事なのだ、淡々と工事をしてしまえばいい。

しかし、法律上の手続きをすべて終えたところで、新崎県知事の伊豆田一人がノーと言って寝っ転がったら、原発は動かせないのだ――。

日本は法治行政ということになっているが、法律には規定されていない「知事の不同意」で法律上のプロセスが止まるというのは、先進国とはいえないだろう。行政訴訟を起こそうにも、知事の不同意自体が法律上の不利益処分ではないので、訴訟を起こしようもない。

知事の同意が得られずとも、原子力規制委員会から安全性の判断が下されたところで淡々と原発を再稼働してしまう手もある。知事がどんなに遠吠えしようが、法律上、再稼働のプロセスを止める権限はない。

フクシマの三度のメルトダウン事故の前なら、このように知事の不同意を無視するやり方もあっただろう……しかし、知事が寝っ転がるのも、フクシマの事故があったからなのだ。

周辺住民の日常生活を一瞬にして破壊する原発事故のリスク……伊豆田知事の支持率の高さは、原発に対する県民の漠然とした不安感を見事につかんでいる証左でもあった。

原発の再稼働に懐疑的なマスコミも、知事の同意を無視して再稼働することに黙ってはいないはずだ。そういう意味では、日本に近代法が導入されて百数十年にもなるが、いまだに法治国家ではなく、人治国家なのだと言えるだろう。人口一三億人の隣の大国とそう違いはない。

新崎県知事の伊豆田清彦の会見が、テレビで続いている。

「今回の関東電力の料金値上げも、新崎原発の再稼働が前提となっております。これは、新崎原発が再稼働しなければ、再度の料金値上げもありうべし、との関東電力の脅しのようにも思えます。

こういう構図で料金値上げがなされると、関東にお住まいの方々から、新崎県に、早く動かしてくれよ、というプレッシャーをかけられることになりかねません。しかし、新崎県民の安全は私が確保するしかありません。

関東電力の供給区域にお住まいの方が、他の電源よりも安いと信じておられる原発の電気が欲しいのであれば、どうぞ関東で原発を作って動かしてみてください。事故の起きたフクシマだって、ここ新崎だって、関東電力の供給区域の外なのであります。安全だと思われる方が、ぜひ、ご自身の地元で原発を動かしてみてください」

テレビのスイッチを切りたい衝動に小島は駆られたが、堪えた。小島がスイッチを切ったところで、新崎県民はこの番組を見続けているのだ。

伊豆田知事は話し続けていた。

「六年前の新崎沖地震の際、新崎原発で変圧器の火災事故が起きたことは皆さんのご記憶に新しいと思います。その原因は、原子炉建屋と変圧器がある建物が、離れた地盤上にあったため、その間をつなぐケーブルが地震で大きく揺れたことにより、変圧器が引っ張られて傾き、それによって内部の金属同士が接触して発火したものだということがわかっています。これは関東電力も認めています。

そうなると、フィルター付きベントだって、原子炉建屋と同一の地盤の上になければ、いざというときに、配管が引っ張られて破断し、ほんの小さな亀裂や穴にとどまっていても、原子炉から放出される高濃度の放射性物質が生のまま環境中に排出されることになるわけでありますし……」

(19)

どうやって、この知事に毒を盛るか——。

伊豆田知事への贈賄《ぞうわい》や女性問題が仕掛けられるのであれば、もうとっくにやってしまっている。伊豆田の妻の脇が甘ければ、そこにつけ込むこともできる。しかし、そこもガードが堅い……。

数年前、在日朝鮮人の商売人に、伊豆田知事の資金管理団体に政治献金をさせて、外国人による違法政治献金事件を仕掛けたことがあった。しかし、通名を用いる在日の人間に、献金の際、そもそも外国人かどうか確認することは現実的ではない。伊豆田も発覚後、速やかに献金の返還と政治資金報告書の訂正を行ったので、伊豆田の人気がゆらぐことはまったくなかった。

小島は、数年前、原発に懐疑的な別の県の現職知事の弟の経営する会社に土地取引を働きかけ、利益供与による汚職事件を仕立て上げたこともあった。

そのときは、関東電力が表に出ることはなく、東栄会会員企業の中堅ゼネコンが泥をかぶってくれた。そんな方法でしか、スキャンダルの芽はつくれそうにないのか……。

小島は、東栄会の会員企業のなかに新崎県の公共事業や情報システムの受注先がないか、そして、それと同時に、伊豆田知事の親族がどういうビジネスをしているのか、それらをすべて片っ端から調べることにした。

前者は、東栄会のパソコンから、新崎県の仕事を受注している、または受注しようとしている会員企業があるかどうか調べる……東栄会事務局のある関東電力総務部から会員企業に調査依頼をかければ、三日で簡単にリストアップできる。後者については、同じく関東電力のメインバンクの産業調査部に頼めば、リサーチ会社などを駆使して割り出すことができるはずだ。

小島は、後輩である関東電力の総務部長に、携帯一本で依頼をした。

うまく両者の業種が重なればビンゴだ。あとは、東栄会の会員企業から、その親族の会社に事情を伏せて近付かせる。有利な条件で下請けに入る商談を持ち掛けて、親族の会社に食いつかせればいい。

さすがに、伊豆田の親族が、みな勤め人か小規模零細の自営業者などでは、億のオーダーの仕事を下請けに出すわけにはいかない。しかし、ある程度の規模の中小企業であれば、それが清掃会社であれ警備会社であれ、何かしら東栄会の構成業種と引っ掛かりはあるだろう。

金額の大きさでいえば公共事業が一番だが、数年前の中堅ゼネコンの汚職事件とまったく同じ構図であるため、既視感は免れない。額でいえば、情報システムの構築も巨額だ。近年、ＩＴゼネコンとも言われている、巨大利権でもあるのだ。

伊豆田も、もともとは霞が関のキャリア官僚である。いまどきは恋愛結婚が主流であると言っても、官僚は結局、実家が裕福か、あるいは出世に役立つコネとなるかなど、なんらかの計算と下心をもって結婚相手を選んでいるはずだ。

実は、霞が関のキャリア官僚の結婚相手の実家は、有力な新興オーナー企業、特にＩＴ企業創業者、というのが多いのである。新興オーナー企業に足りないのは名誉、霞が関のキャリア官僚に足りないのはカネだ。伊豆田の親族に、その手の中小企業があることを、小島は心底より願った。

伊豆田知事に仕掛けるスキャンダルの内容はともかく、地元にそれを仕掛けていく道筋も問題だ。伊豆田知事を追い落とすためには、地元での評判にダメージを与えなくてはならない。

新崎原発は、関東電力の発電所ではあるが、フクシマと同様、関東電力の供給区域には立地していない。北東電力の供給区域に立地している。したがって、関東電力の送配電網を維持管理する工事業者や検針受託会社の力は、直接には使えない。

――しかしすぐに、小島の頭には、三つのルートが浮かんだ。

一つ目のルートは、北東電力への依頼だ。

北東電力は、比較的おとなしく上品な社風であり、関東電力ほどドラスティックな集金・献金システムは築けていない。小島が公式非公式に、ずいぶんと働きかけたが、まだその集金・献金システムは、外部への発注金額の六割程度しかカバーしていない。

北東電力は関東電力と同じ五〇ヘルツの電源周波数で、しかも会社の規模は三分の一だ。いくら関東電力がフクシマの事故の関係で手負いの熊の状態とはいえ、電力会社間で競争が生じることとなれば、スケールメリットを考えると、ひとたまりもなく関東電力に負ける。

実際、北東電力は、今まで小島の依頼に協力しなかったことはない。今回も協力してくれるだろう。北東電力が構築した集金・献金システムを稼働させれば、必ず伊豆田知事を窮地に追い込むことができる。

日本電力連盟では、各電力会社の社長が月に一回顔を合わせる月曜会と称する非公開の昼食会が行われている。翌週にこの会が予定されているので、伊豆田知事対策を提起し、近畿電力、東海電力にも根回ししたうえで、その場で一斉に同調してもらえれば、北東電力も逆らえないだろう。そう、小島巌は確信した。電力業界全体の利益という大義があるからだ。

もう一つのルートは、原発立地県出身のコネ採用者の活用だ。

関東電力は、年間、大学卒業者を約三〇〇名採用してきた。建て前は三〇〇名全員、横一線でスタートということではあるが、どの企業も多かれ少なかれそうであるように、幹部登用の見込みがある集団とそうでない集団とは、だいたい目星がつけてある。

新卒社員はそれぞれ自分の実力や運で入社したと思っているが、そんなはずはない。提出されたエントリー・シートの記載を基に実家を特定し、管轄《かんかつ》の支店が検針員を使ってさりげなく聞き込みをする。一〇電力会社間で入手した情報も融通《ゆうずう》し合う。

こうして、共産党員や過激派といった反体制分子が組織内に入り込むことを防御する。それと同時に、地元の名士や豪農の倅《せがれ》たちの情報も入ってくる。

正直、コネとは関係ない、実力で採用される幹部候補予定の自由競争採用枠は、全体の一割程度、約三〇名に過ぎない。女性枠、政治家斡旋《あっせん》案件枠、経産省を始めとする官庁斡旋枠、内部の幹部斡旋枠とならんで、この地域対策枠が用意されているのだ。

かつて蔵田会長の秘書をしていたときに、「理由がなく、ただの運で関東電力に採用される社員は一人もいないぞ」と言われたことがある。

総括原価方式で経営の安定が保障されており、それでいて給料が国家公務員の一・二倍……最高に歩留《ぶど》まりのいいのが電力会社の仕事である。このおいしい蜜を理由なくむさぼれる幸運など、この世で許されるはずはないのだ。

蔵田が政界工作をする際にもらってくる政治家の支持者からの入社斡旋案件、それを秘書部長につなぐのが、小島の日課であった。

案件は年中受け付けられるが、応募者の格と斡旋者の格をレーティングし、採用決定前に何度もリバイスして、三〇〇名を一覧表の形にし、当該幹部が拾ってきた案件に蛍光ペンでハイライトして上申《じょうしん》する——秘書部の年に一度の重要な仕事である。

形式的には、採用は労務人事部の仕事であるが、肝《きも》の部分は秘書部が仕切っているのだ。三〇〇名の枠に収まりきらない案件でも、取りこぼしは絶対にしない。子会社や関連会社、さらには、その他の取引先にお願いをして、全件、必ず何らかの措置《そち》を講ずるのである。せっかく頼んだのにまったくのゼロ回答では、かえって恨みが残る恐れがあるからだ。

さて、地域対策枠は全体の約一割の三〇名であるが、新崎県に原発を立地する構想が浮上した一九六〇年代末から継続しているので、地域対策枠の総計は一〇〇〇名を超え、新崎原発の関係者の子弟ということでも四〇〇名は超える計算になる。

秘書部がメインテナンスしている地域対策関係者名簿の電子ファイルを開けると、地元紙、地元テレビ・ラジオ局、県議、市議、村議、地元医師会、地元農協、地元商工会、ゼネコン、県庁幹部、市役所幹部、教職員組合幹部、果ては、在日朝鮮人や地元の暴力団関係者の子弟までマーキングされている。しかも、それぞれの現在の配属先と所属長がアップデートされている……。

彼らは有能という理由で採用されたわけではないので、配属先も散らばっている。秘書部長から、それぞれの所属長に、「業務外連絡」として伝えてもらえばよい。

件名に「読了後即廃棄」と記して、関東電力の労務人事部長にメールを送っておく。

「……あくまでも組織の所属長としてではなく、個人的な問いかけとして、当該職員とランチや立ち話の際に接触し、『伊豆田新崎県知事は、ずいぶんとご正論を吐いているけれど、そういえば、君は新崎県出身だよね。伊豆田知事って地元での評判はどうなの？　本心はどうなのかなぁ』と問いかけ、当該職員に個人的なフィードバックを請け負わせてみてほしい。

あくまで、組織ではなく、個人として職員から故郷に問い合わせる形となることが肝要である……」

あとは、秘書部長から各所属長に、うまく働きかけてくれるだろう。

三つ目のルートは、関東電力が飼っている自称「フリージャーナリスト」の活用だ。

毎年、大手新聞社や放送局に採用される記者は、合計すると一〇〇〇人程度。採用試験において、知力に関してはスクリーニングされているが、情緒や性癖といったことはスクリーニングされていない。なかには、セクハラ、パワハラ、痴漢といった不祥事で退職する者や、組織の論理と衝突して辞めていく者、親の介護で田舎に戻らなければならない者もいる。

ただ、一時の気の迷いや憤激でマスコミの正社員の職を離れたとしても、それから長いあいだ、「生活」という現実が押し寄せてくる。チビチビと旧知のコネで出版社から仕事をもらったとしても、売文だけで一定の生活レベルを維持するのは大変なことだ。

関東電力は、そういった連中から、記者として腕が立つうるさ型や、筆は立たなくてもフィクサー的な役割が果たせる者に、社内報の紀行文などを無記名で書かせ、多額の報酬を与えていた。

しかも、こうしたフリージャーナリストにもランク付けがなされており、関東電力からの報酬だけで年収一〇〇〇万円を超えるＡランクの丸抱えフリージャーナリスト――これだけでも十数名に及んでいた。こうしたＡランクのフリージャーナリストには、税金対策のため、会社組織まででつくらせていた。

フリージャーナリストにカネを持たせて現地に送り込む、取材と称して地方議員や自治体幹部や地方紙の幹部を接待し、お土産として商品券を渡す……伝統的ではあるが、日本の地方では依然として最も効果的な手法なのだ。

伊豆田知事の人気は高い――。

スキャンダルを仕込んだうえで、北東電力ルート、地域対策枠ルート、フリージャーナリスト・ルートの三つを併用しなければ、この局面は乗り切れないだろう。

小島は高層ビルの窓の外で点滅する赤い航空障害灯を見つめながら、「いつものとおり、淡々とやるだけさ」と呟いた。片頬には不敵な笑みが浮かんでいた。

第八章　商工族のドン

（20）

電力システム改革は、「広域系統運用機関の設置」「小売りの自由化」「発送電分離」の三段階のプロセスで行われることになっていた。

第一段階の広域系統運用機関の設置。これは、参院選前の通常国会で審議未了廃案の憂《う》き目にあったが、秋の臨時国会では、スピード審議で可決成立することが確実視されていた。

選挙を前に、「保守党は原発再稼働推進だ」というレッテルは仕方がないとしても、「保守党は電力システム改革にも後ろ向きで電力会社の既得権を擁護している」というレッテルまで貼られたのでは戦いにくい。そういう理由で、改革派の経済産業大臣が選挙前に、「中身はスカスカでもいいから、改革法案を出せ」と、資源エネルギー庁に発破《はっぱ》をかけた。

その結果、第一弾の改正法の内容は、全国的な電力融通を行う調整機関、この組織をつくるだけの法案となった。電力会社の既得権を直接、奪うものではない。それだけでは改革の臭いがしない、ということで、「小売りの自由化と発送電分離の法案提出を将来的に目指す」ということが、法律の附則に書き込まれた。

通常国会では、閉会直前の総理の問責決議案のドタバタで廃案となってしまったものの、参院選で保守党が大勝し、秋の臨時国会では、電気事業法改正の第一弾を成立させることで、与野党の幹部のあいだでは合意済みの事項となっていた。

電力システム改革の本丸は、第二段階の小売りの自由化、そして第三段階の発送電分離である。

資源エネルギー庁次長の日村直史は、秋の臨時国会の召集前である九月半ば、第二段階の小売りの自由化を定める次の電気事業法改正の方針伺いと称し、保守党の赤沢浩一《あかざわこういち》議員を訪問していた。

赤沢議員は、当選一〇回の衆議院議員だ。若いときから商工族の切り込み隊長として活躍し、経済産業部会長、経済産業大臣を歴任し、今は商工族の首領《ドン》として君臨している。現在は、資源・エネルギー戦略調査会の会長のポストも務めている。つまり、電力会社が最も頼りにしている議員だ。

参院選後、先週の内閣改造で、経済産業大臣のポストは、電力改革に対しては慎重派の佐藤行男《さとうゆきお》大臣に替わっていた。赤沢議員は、佐藤大臣にとって、かつての派閥での兄貴分に当たる。今は派閥自体が流動化しているけれども、日村が経済産業大臣よりも先に赤沢議員のご意向伺いに訪問することは、極めて自然なことだった。

「こんにちは、今日は、手ぶらで雑談に来ました！」

明るく大きな声で、日村は議員会館の部屋に入っていった。国会議員から好まれる官僚の三条件は、「朗らかな性格」「明快な言論」、そして「軽快なフットワーク」である。

「失礼な奴だな、手ぶらで雑談とは」と言いながら、赤沢はうれしそうだ。

日村は一〇年前に、経済産業省で、国会担当参事官という国会対策を仕切る登竜門のポストを経験しており、もちろん赤沢とはその頃から面識がある。

日村は、手前の会議卓のある大部屋ではなく、議員本人の机がある奥の個室に通された。二人が親しい関係であると、議員も秘書も認めている証拠である。

議員本人の机の上は雑然としており、さまざまな資料が積み上がっていた。書類には、附箋《ふせん》や蛍光マーカーがたくさん付けられている。どうやら千客万来の様子だ。

「なんだい、今日は、何しに来たんだ?」

ぶっきらぼうな赤沢の様子が日村に対する親しみを表していた。少なくとも日村はそう受けとっていた。

それゆえに日村は、わざと神妙な面持ちを維持することに努めた。

「……電力システム改革も、そろそろ第二ステージの小売りの自由化に移りまして、年明けの通常国会では、保守党の公約通り、法案を提出させていただければと存じておりますが、審議会の議論の方向を打ち出す前に、あらかじめ赤沢先生のお考えを、まず一番に拝聴しておこうと思いまして」

上々のスタートである。日村は内心ニンマリしていた。

同じ国会議員でも、野党の国会議員が法案の内容の説明を受けるのは、法案が閣議決定され、国会に提出されたあとである。与党の下っ端議員に対してはどうか？　野党議員より少しは早いが、法案の国会提出の数日前に過ぎない。いずれも、法案の基本的方向性の策定段階で口を出すことはできない。つまり、所管省庁に重鎮《じゅうちん》と認められた大物の族議員だけが、省庁からの事前の相談に与《あずか》ることができる。

そんな事情を当然知っている赤沢は、グッと身を乗り出してきた。

世論へのアピールだけを考えれば、徹底した電力システム改革をすべき、ということになる。そして、日村をはじめ経産官僚の多くにとって、電力システム改革は積年の悲願であることを、赤沢は理解している。商工族のドンとしては、経済産業省との共存共栄が、族議員としてあるべき姿なのだ。

他方、本当に改革を貫徹して、電力が競争産業となってしまうと、政治献金やパーティー券購入をするだけの余裕が、電力会社にはなくなってしまう。自分を囲む二〇人程度の議員の勉強会メンバーを物心両面から面倒を見てやり、さらなる権力の階段を上るためには、「金の鵞鳥《がちょう》」を殺すようなことは、どうしても避けたい。

経済産業省の連中だって、今まで散々電力産業にたかって、おいしい目を見ていたのである。口では、自由化だ、システム改革だと言いながらも、下半身は現世利益に関心がないわけではない。

官僚たちにはキレイごとを主張させながら、実利は半分残して、官僚にも啄《ついば》ませてやる。電力会社にも、ある程度痛みを感じさせ、ある程度がまんさせ、実利はほどほどに残す……そんな塩梅《あんばい》なのだろう。

「これから三年間国政選挙はないぞっ」

赤沢は厳しい表情で言い放った。

国政選挙がないのだから、世論受けは気にする必要がない、多少電力に甘くしても、三年あれば、選挙までに世論は風化する、という意味に受け取れる。

赤沢が自分から明快な指示を出すことはない。

最初は厳しめのトーンをにおわせて、相談者の期待値を下げる。それらしく厳しそうに受け取れることを言って、相談しに来た相手に考えさせ、赤沢の意のあるところを忖度《そんたく》させる。どこまでが相談者にとって譲れる限度なのか、利害の対立する相手と相談者とが折り合える知恵はないのか、を自問させ、解決策を相談者から提示させる。こういう話の持って行き方が、赤沢のスタイルだった。

そして、そういう赤沢のスタイルを、日村はよく承知していた。赤沢の話の持って行き方に合わせながら、さらに自分の望む方向へ誘導するのが日村のやり方だった。

「おっしゃる通りなんですよね。選挙はありませんからね……」

日村は赤沢の発言をいったん引き取ってから続けた。

「でも、参院選で保守党が勝ったからといって、改革が急に後退することは、いくら佐藤大臣でも、カッコが悪いと気にされますよ。むしろ、政府がつくった法案を保守党の経産部会で反対していただいて、それを受けて政府案を修正したという形のほうが、党も政府もそれぞれ筋を通して手柄を立てたという形にはなりますよね？」

「……まぁ、そうだな」

赤沢はニヤリとして答える。

一般大衆にどのくらい知られている事実かはわからないが、政治家から省庁への圧力というのは、法案が閣議決定される前に終了している。

国会での論戦は、台本が書かれた寸劇にすぎない。野党の議員にとっては、総理や大臣を追い詰める論戦は、いわば「見せ場」ではあるが、前日の夕方には、質問内容の大筋は内閣総務官室や各省庁の国会連絡室に渡している。質問者から渡された質問を政府側が事前に咀嚼《そしゃく》し、答弁を書いて大臣に「ご説明」していなければ、論戦にもならない。

そう、真の利害調整の本番は、法案の閣議決定前なのだ。

そして、保守党の経済産業部会、政務調査会審議会、総務会……この三つのプロセスで了解を得られない限り、法案は閣議決定できない。しかも、出席者の全員一致が原則であり、一人でも異を唱えると、法案の了解手続きはストップしてしまう。

経済産業部会であれば商工族の重鎮の睨《にら》みが利くので、法案がストップすることはあまりない。たいてい、「いろいろなご意見がありましたが、あとは部会長一任で」と仕切ることができる。

他方、政務調査会審議会、総務会のメンバーは、党のなかでも中堅以上の議員なので、特定のメンバーが事前説明に対し「俺は聞いていないぞ」と言うだけで、法案手続きが進められなくなる。それは裏を返せば、政務調査会審議会、総務会のメンバーには、法案提出前に、関係業界と密室での裏取引をする権利と機会が与えられている、ということでもある。

政務調査会長と総務会長が、党のカネと公認を扱う幹事長と並んで「党三役」と呼ばれる実力ポストである所以《ゆえん》である。

（21）

赤沢にしてみれば、電力会社と経済産業省の双方に強硬路線を示して両方の期待感を下げつつ、改革路線の正論を唱える経済産業省の官僚に対しては、保守党の部会・政務調査会審議会・総務会という「暴力装置」を使って電力システム改革を骨抜きにし、電力会社の意見と経済産業省の意見との間のバッファーをとればいい。

赤沢が本当にこだわる点は、電力会社という「打ち出の小槌《こづち》」を、引き続き自分が思い通りに使えることだ。

日村は、この赤沢の判断を読んだうえで、話を続けた。

「小売りの自由化といっても、発送電分離が実現するまでは、新電力は、一〇電力会社という釈迦の手のひらの上で飛び回る孫悟空《そんごくう》のような存在に過ぎません。新電力がどの程度売り上げを伸ばすかは、一〇電力、そして資源エネルギー庁の裁量次第です。

託送料金に潮流や需要地近接性をどの程度反映させるのか、卸電力取引所の中立性や取引の活性化をどの程度モニタリングするのか、全国的な連係線の設備増強をどのぐらい進めるのか、電気事業の規制を司る行政組織の独立性や専門性をどう確保するのか、といった細部の制度設計で、いかようにでもコントロールできます」

赤沢は満足そうに呟いた。

「神は細部に宿る、か……」

日村もニコリと笑う。

「そうです。大切なことは小売り自由化の金看板は表の世界では下ろさない。でも、一〇電力には、細部の制度設計の緩和に期待感を持たせる。実際には、先々の世論の監視の風の強さで法律の具体的な運用のさじ加減を決める……そういうことではないかと」

日村の言葉に赤沢は目をつぶって天井を向く。満足気な表情がこぼれ落ちないようにするためだ。日村がそこに畳みかける。

「……そのさじ加減をどうするかは、また折に触れて、赤沢先生にご相談しにまいります」

赤沢がゆっくりと目を開ける。

「まあ、小売りの自由化はいい。しかし、発送電分離はどうなるんだっ？」

その日一番の迫力ある目つきで、赤沢は日村を睨《にら》みつけた。

もちろん日村はまったく臆さない。赤沢の目を凝視し続ける。

「発送電分離は、電力システム改革の最終形です。これを松明《たいまつ》のように掲げておかないと、世の中から、骨抜きだの中途半端な改革だの、いいように言われます」

「それで？」

赤沢が先を促した。目にはまだ、真剣な光が残っている。しかしこれも、日村に影響を与えることはない。淀《よど》みなく、こう答える。

「発送電分離といっても、いろいろな形があります。英国や北欧では、所有権分離という形で、人的資本的関係を一切絶つドラスティックな形を採っています。これを採ると発電や小売り分野の競争は、本当に歯止めなく進展します。

ただ、我が国の電力システム改革の検討では、資源エネルギー庁の報告書において、所有権分離は『将来的検討課題』として事実上葬り去っています」

所有権分離を事実上葬り去ったのは、原子力ムラからの強烈な陳情を受けた八ヵ月前の赤沢だったが、日村は特に赤沢との関係に触れることはしなかった。

「報告書では法的分離を採るとしています。これは、フランスやドイツの一部で行われています。

発電部門と送電部門とが法的分離をしたとしても、所詮、民間企業の同じグループ会社です。会社の建物も同じであれば、株主も共通で、持ち株会社によって支配されます。人事も形のうえでは一定の制限を設けないといけないでしょうが、幹部クラスにとどめることはできるでしょう。若い人たちは持ち株会社を経由して、いくらでも行き来は可能です。会社の内線電話やイントラネットだって共有できるでしょう。

マスコミの監視があったとしても、発電部門や小売り部門と送電部門が意を通じて実質的な競争が進展しないような工夫《くふう》は、いくらでも施せると思います」

日村は冷静だが、それでも必死の体《てい》に見せることを自分に課した。目前の課題として、なんとか小売りの自由化は実施しなければならない。そのためにも、商工族のドンである赤沢と事前に裏で手を握っておくことは必須だ。

今握っておけば、のちのち電力から注射された陣笠議員がキャンキャン吠えたときに、赤沢が一喝して黙らせてくれる。ここで赤沢と握れなければ、陣笠議員が吠えるたびに、理念のない退歩を迫られることになる。

赤沢とのあいだで多少譲歩したとしても、それ以上の譲歩がないことが、その赤沢自身によって保証される。そうであるからこそ、赤沢とのあいだでは一定の譲歩をして、取引を成立させておく意味があるのだ。

実際、発送電分離が実施される予定の二〇一八年～二〇年に、赤沢が現役の国会議員にとどまっているか、権力の階段をさらに上っているかもわからない。そして、日村もまた、経済産業省の官僚として現役にとどまっているかどうか、確かなことは言えない。

しかし、仮にその時点で日村が現役にとどまっているとすれば、計算上は事務次官に相当する年次となっているはずだ。そこに至るまでに赤沢の機嫌を損ねていては、事務次官に上り詰める前に勧奨退職を食らうことになるだろう。

そうであるのなら、今の時点では、将来的な松明の燃え方について多少の譲歩をしたとしても、赤沢との関係を心地よいものにしておくことが大切だ。制度の細部の微妙なさじ加減の調整は、そのときになればいくらでもできる。

大事なことは、その細部の工夫を、最終的には日村が仕切る立場に居続ける、ということだ。

だから日村は続けた。

「法的分離とする味噌は、法律的には発電会社と送配電会社とは別法人なので、送配電会社には、地域独占と料金規制、そして総括原価方式を維持させることが可能です。送配電だけでも、三兆は売り上げが発生することになりますから」

日村は、暗に、赤沢の政治資金には影響がないことを示唆《しさ》したのだ。どういうことか——。

三兆円の四パーセントは、一二〇〇億円だ。現行の電力会社からの軍資金と比べると目減りはするが、強大になりすぎていたモンスターの力を多少弱めておくことは、モンスター周辺のステークホルダーにとって悪いことではない。

いずれにしろ、商工族のドンである赤沢への配分が減ることはない。皺《しわ》が寄るとすれば、民自党の浪人議員の兵糧《ひょうろう》だろう。

「とにかく、今は経産省と電力会社が喧嘩《けんか》している場合ではないな。電力システム改革の細かい程度論は将来に棚上げだ。総論はやるっつうことだ」

こう言い放つ赤沢に対し、「今日のところは、これでいい」と、日村は思った。

席を立とうとする日村に、赤沢は続けて言う。

「それより、電力と力を合わせて、新崎県知事の伊豆田をなんとかしろっ！　電力システム改革は、原子力再稼働のため、世間的に示すポーズなんだからな。経産省は、いいカッコだけしちゃいかんぞ、泥をかぶれ！」

「承知しました。必ずなんとかします。ありがとうございましたっ」

潔く明言しながら席を立つ日村は、赤沢に見えないように、片頬をゆがめて笑っていた。

第九章　盗聴

（22）

その日は九月中旬にしてはめずらしく、暑さも厳しくない気持ちのよい日だった。審議している内容が内容でなければ、聴衆がつい眠りに落ちてしまうような淡々とした原子力規制委員会の進行である。しかし、今日の委員会のテーマは、現在停止中の原発の再稼働に直結する内容だ。眠りに陥ってはいけない。

気を張り詰めて傍聴をしている玉川京子のスマホが突然振動した。ＬＩＮＥのメッセージだ。クロネコの顔のスタンプが表示されている。原子力規制委員会の事務局である原子力規制庁の西岡進課長補佐からだ。

これが西岡とあらかじめ決めておいた連絡方法だった。それにしても、原子力規制委員会の本番中に送ってくるとは西岡も大胆だ……。

あの夜、「もう閉店ですから」と、焼き鳥屋「だるま」の店主にやんわり追い出されてから、玉川と西岡は、夜風に吹かれながら海の方向に歩いた。終電は逃していた。

蒸し暑い夜だった。しかし、海から潮の香りが届き、不快感はまったくなかった。もう二人が今夜、話すことはない。どちらから言い出すでもなく、目の前に見える「ホテル拾番館《じゅうばんかん》ヨコハマ」というネオン煌《きら》びやかな建物に入っていった。

そして翌朝、原発再稼働阻止という共通の目標を持つ二人は、お互いに連絡をとるルールを決めた。

職場の電子メールが、原子力規制庁の情報システムの管理者により検閲を受ける可能性があることは、西岡も知っていた。さすがに、おおっぴらには職場も検閲とは言っていないが、膨大なメールのうち、サンプリングと称して、メールの活用状況を一定の割合で業務管理室がチェックする方針であることは公表されていた。

この公表された方針の下でどういう運用がなされているかは、西岡を含めて一般の職員にはわからなかったが、チェックの結果、メールのなかに庁の内情を外に知らせるような内容が含まれていれば、最低でも厳重注意処分は免れないだろう。深刻な内容であれば、国家公務員法違反として、懲戒免職を食らうことだってありうる。

だからといって、私物のスマホやパソコンによる電子メールであれば絶対に安心とはいえない。むろん、通信の秘密は憲法で保障された人権のはずだ。しかし、通信傍受法が成立し、犯罪に対処する目的で介入する場合などは、電子メールのやりとりなども、裁判官が発する令状があれば内容は捜査当局に開示される。何ごとかを犯罪に仕立て上げるなど、当局にとっては朝飯前にできる。

おまけに、西岡が使っている通信会社には、関東電力が一〇パーセントも出資している。国民の電気料金から収益をあげた電力会社が通信会社に出資する意味は、通信会社による電力事業への新規参入を牽制《けんせい》することにある。

副次的な効果もある。株主の立場から送り込まれた電力会社からの出向者が、契約情報をもとに顧客のメールをチェックする可能性が絶無とは言い切れないだろう。少なくとも、電力会社がメールを垣間見《かいまみ》るおそれがあると信じさせることが、電力会社に批判的な言論への萎縮《いしゅく》効果をもたらしていた。

結局、二人は、同一のGmailアカウントを共有して連絡をとることにした。同じGmailアドレスとGmailパスワードを共有し、自分から自分へメールを送る仕組みだ。これであれば一つのGmailアカウントでやりとりが閉じられているので、メールが間違って他人に転送されたりすることもない。

二人が文字通り一心同体になった場所を記念して、Gmailアドレスは、hotel-jyubankan@gmail.com、Gmailパスワードはyokohamaと設定した。

相手に読んでもらいたいメールを送るたびに、LINEでクロネコの顔のスタンプを送る。クロネコメール便を送りましたので読んでください、という意味だ。これであれば、二人のやりとりはクロネコのスタンプしか残らない。通信会社から捜査当局に開示されることがあっても、まったく意味がわからないだろう。

クロネコのスタンプを受け取ったら、プライベートのスマホやパソコンでGmailを読む。端末からGmailへのアクセス記録が一定期間グーグルのサーバー上に残るのかもしれないが、地球上を駆け巡るGmailについて、発信者と受信者が実質的に特定できない状況下、尻尾をつかまれることはないだろう。

そして、本当に決定的な証拠については、必ず二人で直接会って手渡しすることにした。ネット上にまったく痕跡が残らないことが一番安全だからである。

ＬＩＮＥ、Gmail、直渡しの三段階による接触方法を考えると、西岡が玉川と会うことを欲すれば、原子力ムラにとって致命的で決定的な証拠をつかまなければならない、ということも意味していた。玉川の素晴らしい肢体をもう一度自分の指で触るためにも、西岡は覚悟を決めるしかなかった……。

委員会終了後、地下鉄に揺られながら、再生可能エネルギー研究財団のステーク・ホルダーへのレポートを書くよりも先に、玉川はスマホでGmailを確認した。

「From：自分〈hotel-jyubankan@gmail.com〉
To：自分〈hotel-jyubankan@gmail.com〉
日付：２０１３年9月15日
件名：重要連絡
本文：
おもしろいやりとりをゲット！

ブツもあります。お渡ししたいです。西岡」

二人は、その深夜、ANAインターコンチネンタルホテル東京で落ち合うことになった。場所は玉川から提案した。西岡が人目を避けたがることは充分理解できる。人目を避けるためには、オープン・スペースは適切ではない。二人で落ち合う場所の候補として近年流行の個室のある安い居酒屋などもあるが、店員の出入りもあるし、音の漏れもある。隣室に誰がいるかもわからない。電源の確保だってままならない。人に最も見られたくない秘密のやりとりをするのには、ホテルが一番である。

前回は勢いでラブホテルとなった。玉川にとって、最初から狙っていたとはいえ、久しぶりに女性の自覚と自信を取り戻した瞬間であった。西岡ともう一度会うためにこのホテルを提案した際、彼のなめらかな胸の感触を思い出していた。決してイケメンではないが、西岡の貴公子然とした風貌も気に入っていた。

ただ、変わりキャラ採用だったとはいえ、在京キー局の女子アナを務めたという自負もある。これから西岡との関係が続くのであれば、ラブホテルでの関係にはしたくなかった。そして何より、これからも西岡と逢う機会を持ち続けたかった。だからこそ、二人の関係を、より上質なものにしたかったのである。

金曜夜はANAインターコンチネンタルホテル東京にとっても書き入れ時だ。午後一〇時過ぎに玉川は一足先にチェックインし、西岡の到着を待った。

数年前、インターコンチネンタルホテルズグループの傘下に入ったこのホテルは、躯体《くたい》を残したまま大規模な改修を施し、すっかり新しいホテルに生まれ変わっていた。全日空ホテルとしての二〇年超の歴史と、霞が関や永田町に近い好立地に加え、設備や室内装飾が一新されたことで、費用対効果の面で、玉川の最もお気に入りのホテルとなっていた。

お気に入りのホテルで一人過ごすのは、玉川にとって快適な時間だった。予約時にリクエストしたおかげで、室内はイランイランのエッセンシャルオイルのアロマで満たされていた。フローラルでエキゾチックな甘く重い香りが、これからの展開をいやがうえにも想像させる。成熟した女の部分が熱を帯びるのが露骨に感じられた。

「……でも京子、本来の目的を忘れてはダメ」——自分にそう言い聞かせることも忘れない。

西岡は、終電までには業務が終了せず、タクシーに飛び乗り、午前一時過ぎにホテルの部屋に入ってきた。さすがに玉川も焦《じ》れて少し拗《す》ねていたが、ドアの呼び鈴が鳴った瞬間に気を取り直した。

「すごいのが手に入りましたよ！」

ドアを閉じて鍵を閉めるや否や、西岡はそう言った。まるで母親に一〇〇点満点の答案用紙を見せる子どものようだ。玉川は苦笑しながらも、この男の純粋な部分を好ましく思った。

「ICレコーダーで、バッチリ録れたんですよ、やりとりが！」

そう言ってICレコーダーを玉川の目の前に差し出す。彼女の瞳はまだ、半信半疑の色を帯びている。

「だいたい、時候のご挨拶とか言いながら、日本原発は、何回も何回も審議官のところに出入りしてたんですよね。事業者と面談するときには一応、『被規制者等との面談』ということで記録を残してホームページ上に掲載しなくちゃいけないルールなんだけど、『昔からの友人との挨拶だから』とか言って事務方に同席もさせないし、やりとりもぜんぜん記録に残さないんですよ、あの審議官は！

まぁ、もともと昔から懇意だってのもあるんだろうけど、個室のなかで、二〇分も三〇分もゴソゴソと、審議官と日本原発だけでやっていたら、いったい何やってんのかって、周りも思いますよね。それで、審議官室の本棚の六法の奥にＩＣレコーダーを仕掛けてみたんですよ。だいたい、審議官は本棚にある六法の条文や過去の報告書なんか見向きもしませんからね。その奥に夜中に置いてみたんです……」

そう西岡は意気揚々と語り、玉川の瞳に現れる反応を待つように、切れ長の目を細めるのだった。

（23）

中央官庁の勤務は激務である。課長補佐以下の若手は、繁忙期は、徹夜で職場に泊まり込むのも恒例行事になっている。

このとき、審議官の部屋も活用される。審議官が退庁したあと、若手が打ち合わせで利用したり、泊まり込みのときはソファで寝たり、そんな使われ方が当たり前のようになっているのだ。かつて自分が若手だった頃も同じなのだから、審議官もそれを許容している。

そして、総務課の大部屋と総務課長室とは、簡単なパーティションで仕切られているだけだ。その総務課長室は、両袖の事務机、書棚、ロッカー、そして打ち合わせ用の大机があるだけで、八畳くらいのスペースに過ぎない。その総務課長室と内扉一枚でつながる形で、その奥に審議官室がある。

内扉には施錠もされていない。総務課からは、廊下にいったん出ることなく、審議官室に入ることができる。西岡は、審議官が退庁し、そして総務課長が退庁し、残業している人たちのなかで自分がフロアでの職位が上になった時間帯を見計らって、審議官室に入った。

「ちょっと、人事の電話だから長くなるよ」

こう、係長に告げて……これで誰も入ってくることはない。

その日も、いつもと同じように、西岡は堂々と審議官室に入室した。

審議官室は廊下側の入り口の扉と総務課長室につながる内扉を除いては、コンクリートの分厚い壁に囲まれ、声が漏れる心配はない。人事とか機微に触れる話をするには最適な場所である。

審議官室には大きな窓があり、日中であれば陽光がまぶしいほど射し込むが、夜は一転して暗く、静謐《せいひつ》なエリアとなる。室内は、総務課長室の倍、一六畳ほどのスペースで、総務課長よりも大きい木目調の両袖机が窓を背にしてデンと置かれている。本棚やロッカーが壁際に並び、懸案事項別に書類が整理できるように、秘書がインデックスを付したレター・ボックスも両袖机の脇に置かれている。

内扉とは反対の廊下側には、審議官室の入り口があり、その入り口と両袖机との間の広々とした空間に、黒革のソファとサイド・テーブルからなる応接セットと、一〇名で打ち合わせ可能な広めの会議卓が置かれている。

西岡は部屋の電灯を点《つ》けて、グルッと審議官室のなかを見渡した。週に一回、カーペットの清掃が入るので、ソファや会議卓にICレコーダーを仕込んだのでは、そのとき業者が見つけてしまうかもしれない。しかし清掃の際、本棚は動かさない。

西岡は、本棚にある『2008年版原子力実務六法』に目を留めた。幹部の部屋の本棚には厳めしい本がいくつも鎮座《ちんざ》しているが、幹部がわざわざ自ら手に取って調べるようなことはまずない。普通は、部下が説明の際に関連条文のコピーを手元に用意して、必要に応じて幹部に示す。これが通常のスタイルである。

二〇〇八年版の隣には最新の二〇一一年版があるし、フクシマ事故以降、原子力関係の法律は大幅に変わっているので、まず二〇〇八年版は手に取らないだろう……。

二〇〇八年版を本棚から引き抜いて、外箱から六法を取り出す。そうして外箱のなかに薄手のICレコーダーを入れ、また六法を外箱に入れた。外箱から六法の背表紙がわずかにはみ出るが、これならば、外箱から六法を取り出さない限り、ICレコーダーの存在には気が付かない。

最新のICレコーダーは、三日間は連続して録音できるほどのバッテリー性能を有している。

一日や二日なら、まったく問題ないのだ。

その後、ひと月近く毎晩、何食わぬ顔で総務課長室から審議官室に忍び込み、ＩＣレコーダーのバッテリーとメモリーカードを回収・交換し、審議官室で日々、どのような会話がなされているかをチェックした。

通常、大臣の日程はともかく、審議官のような指定職幹部の日程が外部に公開されることはない。しかし役所の内部では、審議官の日程は、秘書を通じてメールで、前日には主要な職員に知らされている。

——その日程と毎日の音声記録を照らし合わせれば、審議官の個室での言動が手に取るようにわかる。

西岡は、毎夜タクシーで帰りながら、怪しいとにらんだ日程の部分を中心に、審議官室の音声をチェックし、これはと思う部分のＩＣレコーダーの時間表示を記録していった。

（24）

「これがブツです……」

西岡が玉川に紙の束を差し出した。審議官の日程をプリントアウトした束のところどころに蛍光ペンのマーキングがされており、その横に対応するＩＣレコーダーの時間表示が手書きで記入されている。それからＵＳＢメモリーも差し出した。

「このなかに、毎日の音声ファイルが、日付順にファイル名が付いて並んでいます。それぞれのファイルのプロパティを見れば、ICレコーダーでの記録開始時間と終了時間がわかります。これと日程表を照らし合わせて、蛍光ペンのところの音声を聞いてみてください」

こう西岡が、自信満々に言う。

「何がわかったの？」──玉川の瞳が光度を増した。

「……まず審議官は、委員会にかけられる前の報告書案を、日本原発にこっそり渡しています。報告書案は、委員会にかけられる前に、何度も原子力規制庁の内部で議論して修正しています
し、原子力規制委員会の委員にも事前に説明している。でも、日本原発のような事業者や、新聞記者などのプレスには、委員会で審議する当日に初めて見せることになります。これでは、満足な検討や反論ができない、というのが日本原発の主張で、日本原発の常務が審議官に挨拶に来るたびに、委員会前に事前に報告書案を見せてほしい、と何度もリクエストしています」

西岡は玉川のシルバーのタンクトップに包まれた豊かな双丘に視線を送る。ご褒美《ほうび》はタップリ欲しい、というわけだ。

「……だから、委員会で報告書案が討議された直後に、記者会見で、委員会の報告書案のどこがおかしいのか、日本原発は説明できたのね」

玉川もご褒美をあげたい気分になってきた。超弩級《ちょうどきゅう》の情報だ。

「それだけじゃない。審議官は、委員会の三日前に報告書案を日本原発に渡しているようだけど、その前日に気になるやりとりがありました……」

玉川がゴクリとつばを飲み込む。西岡はその滑らかな項《うなじ》に今すぐ口づけしたい衝動に駆られた。しかし、玉川はそれを許さない。

「で、どんなやりとりなのっ?」

我に返った西岡は、「そ、それがこの部分です」と言って、ＩＣレコーダーの再生ボタンを押した。

信じられないような会話が延々と続いた……。

＊＊＊＊＊

「……私どもとしても、いっせいのせで、当日報告書案をその場で見せられて、冷静な検討をする間もないまま委員会の終了直後にプレスが押し掛けてくるってんじゃ、まともな検討をしたうえでの対応が不可能になります。

委員会でどういう検討をされているのかわかりませんが、活断層なのか、膨潤なのか、いずれにせよ、あらかじめ委員会での検討結果とその根拠をお示しいただいておいて、それに嚙み合った形で、弊社としても弊社の立場を説明する。それが、何よりも科学的見地からこの問題の客観的判定を担保することになるんじゃないでしょうか?

本当に、委員会がご自分たちの判断に自信がおありなら、我々がどれだけ事前に準備をして、何を申し上げようとも、報告書案の内容は揺らぐことはないんじゃないでしょうか? 委員会の検討結果にもっとも影響を受ける事業者が、当日までその検討内容をまったく教えてもらえない。委員会の直後には、日本原発にプレスが押し寄せてくる。そこで、報告書の内容をこれから精査します、ってんじゃ、精査したあとに弊社の見解をプレスに事後的に伝えようとしても、どの社も相手にしてくれません。

裏を返せば、委員会がご自分たちの判断に自信がないから、押し切ろうっていうようにも見えますよね？

審議官、たしかにフクシマの事故は、我々原子力に携わる者として共通の禍根です。フクシマの三度のメルトダウンの反省はしなくてはいけない。しかしだからといって、こうやって、原子力規制委員会と原子力事業者とが、情報を共有したうえで、それぞれの見解を戦わせる、そういった科学的アプローチそのものが不適切ってことに本当になるんですかねぇ？」

「まぁ、まだ委員長への事前説明も終わってないしな……」

「委員長への事前説明が終わって委員会にかけられる報告書案が固まったら、もうこれ以上変わることはないんだから、見せていただいてもいいんじゃないですか？」

「まぁ、そうかもしれないけどね……」

「そこは、阿吽《あうん》の呼吸でお願いしますよっ！」

「………」

「何も、報告書の内容を変えろとか、表現を和《やわ》らげてほしい、と言っているわけじゃないんです。そういうのは、表では、もうまずい時代になったと、私どもも思いますよ。でも、委員会の見解と事業者の見解とを期をたがえず公にして、専門的な知見のある新進気鋭の有識者に徹底的に議論してもらったほうが、真実に迫れるんじゃないでしょうか？」

「…………」

「委員長への事前説明は、いつあるんですか？」

「……今日の夕方だけどね。そこでどうなるかもわかんないし……」

「委員長が卓袱台《ちゃぶだい》をひっくり返すなんてことはないでしょ？」

「まぁ、そうだろうけどねぇ……」

「明日、また、ご挨拶にまいりますからっ」

「……何の保証もできないけどね」

「それじゃ、また明日」

「はい、はい……」

「……あっ、それから審議官、別件で、個人的なことですが、あと二、三分いいですか？」

「う、うん、なんだい？」

「ちょっと、先に出ていて！」

——これは、日本原発の同行者に、廊下に出るよう促す声だ。同行者が部屋を出ていく音も聞こえる。そして直後、もう一度ソファに座りなおす音が聞こえた。

「……あのー、審議官、差し出がましい話で恐縮ですが、二人きりでお話が……。審議官のプライベートの件で申し訳ないのですけれど、九州のご実家のお母さまの具合が悪いことは承知しておりまして……」

「よく知ってますねぇ、結構まずいんだよね」

——冷めた茶を飲む音が聞こえる。審議官の飲む音だろうか。湯飲みを置く音のあと、一息ついて、日本原発の常務の声が始まった。

「あのー、非常に差し出がましいご提案かとは存じますが、将来の話をちょっと……」

——また審議官がお茶をすする音がする。

「だから常務、なんですか？」

「いずれ、審議官が役所の一線を退かれるときの話ですけれどねぇ……」

「ん？」

「お母さまとの関係で、いいタイミングになるかどうかはわかりませんけれども……」

「俺も、そろそろお年頃なんだよね。同期の半分は肩を叩かれてるしな」

「もちろん、我が社をはじめ原子力事業者は、我々にご理解ある審議官には、できるだけ長く勤めていただいて、できるだけ出世してもらいたいんですけど……」

「まぁ、俺も技官だし、もうこれより上に技官のポストはないからよ、数年で退官だよー。同じ国家公務員のキャリア採用つったって、技官は事務官ほど出世しないなんてことは、世の中でも広く知られた掟《おきて》でしょ？」

「……ただ、将来の話として頭の片隅に入れておいていただければと思うのですが、そういうご卒業の時期になられましたら、九州の民間の会社で、これは電力関係の施設の清掃を受託している会社なんですが、ぜひ審議官を顧問としてお迎えしたい、というオファーがございまして……」

──また、茶をすする音がする。茶を飲む姿勢をとりながら、どういう反応をしたものか、審議官が熟考しているのだろう。

「筑紫電力と資本関係や人的関係はございませんから、決して目立ちません。実家にお戻りになられて、個人的なつながりで職を得た、という説明でいいと思います。私は、これはもう、個人的なつながりから、いわばヘッドハントの仲介役をお節介《せっかい》にもしているだけでありまして……」

──しばしの沈黙。

「審議官にご迷惑だったらご紹介は差し控えたいと思いますが、こういう田舎の会社は、やはり中央省庁出身とか、そういった世間体《せけんてい》とか、据わりが非常に大切でして……。

待遇に関しましては、現在の審議官の年収の二割増しで七〇歳までお願いしたい、と聞いています。もちろん、表向きは、故郷の会社からヘッドハントされた、小さな会社だが親の面倒も見られるので、思い切って転職することにした、ということでお願いしますよっ。

いらっしゃる時期はいつでもいいんです。できるところまで上り詰められまして、後進に道を譲る、というタイミングでかまいませんから。これを、すこーしばかり、頭のなかに置いておいていただければ幸いです。お返事は、その気になられたときで結構ですから。

先方は、別に顧問が今すぐに要る、というわけでもないようですから、お返事は急いでいません。ホント、忘れていただいてもいいくらいの話ですから。

こういう時代でなければ、うちの会社に堂々と、私の代わりとして常務でお迎えしたいくらいですけれども、なにぶん世知辛《せちがら》い世の中になっていますから……目立たないようにってことで、精一杯知恵を絞った結果でして……」

「まぁ、ご心配いただくお気持ちはありがたく受け取っときますよ」

「はい、ありがとうございます！」

——湯飲みをトンとテーブルに置く音が響く。

「……けどよ、万一誰かに聞かれたら本当にまずい話だよな、これ？」

「ええ、だから人払いをして、二人きりの場で……」

「わかった、ご厚意には感謝するよ。まぁ、その話はその話としてだ、明日は乞うご期待、ってことですな」

＊＊＊＊＊

ここで西岡は、再生停止ボタンを押した。

「これって、天下りの斡旋《あっせん》ってこと？」

玉川の色素の薄い瞳が光る。

「俺もびっくりした……それで翌日、日本原発に報告書案を渡してんだから、これって贈収賄《ぞうしゅうわい》ですよね？」

「ほんとだね、でも、その証拠もあるの？」

「はい、その報告書を渡した際のやりとりも、しっかり録れてます」

――この素材をどのように活用するのか？　玉川は激しく思考を巡らせた。マスコミも、自分も、そしてこの西岡も、自己の利益で動いているわけではない。ともに、フクシマの事故を心から反省し、反省なき安易な原発再稼働に反対しているのだ。志を共有し、そのつながりで動くだけだ。利害得失は日々変わるが、志やつながりは永続する。利害に左右されないつながりは、強い。

玉川は、志を共有し、つながっている記者の原稿も見てやるし、情報源の紹介もする。岩盤のような官僚組織から染み出てきた機密資料も横流ししてやる。西岡との関係では、男女の一線を越えてしまったが、そこには至らないまでも、同志としてのネットワークのなかで、今回の情報は最大限活用したい。

「……これって、日本原発が審議官室に出入りするところの絵が録れたりすると、テレビ的には、最高においしいよね」

玉川のリクエストに、西岡は、こう気軽に答える。

「まぁ、それも考えてみますよ」

彼女が一瞬、ためらう。

「……でも、無理はしなくてもいいわ」

玉川が、一人の女として西岡の身の安全を気遣うようになった、最初の台詞《せりふ》だ。しかし西岡は、彼女の心中を読めるほどの経験はない。この世に生を享《う》けてから、寝ている以外の時間で言えば、おそらく七〇パーセントは机に向かっていた男なのだ。

「……それから、もう一個、すげえやりとりがあってさ！」

西岡がイノセントな口調のまま続ける。

「審議官が、おそらく資源エネルギー庁の次長だと思うんだけど、いずれにしろ幹部と電話をしている声が録れてるんだ。その会話の内容がメガトン級なんですよ……」

西岡の勢いは止まらなかった。

しかし、西岡より二歳年上の玉川は、ここで彼の唇を自分の唇でふさいだ。

——話は明日の朝、二度目のセックスを楽しんだあとでいい。

深夜のＡＮＡインターコンチネンタルホテル東京は、その設計者の狙い通りに、玉川の欲望を昇華してくれるのだった。

第一〇章　謎の新聞記事

（25）

「日本海新報」は、新崎県における最大発行部数を誇る地元紙である。地元での購読率は七割を超えている。

一〇月二八日月曜日の「日本海新報」朝刊一面に、次の見出しが躍った。

〈新崎県知事に利益供与二億円、親族の経営する会社へ〉

記事の本文は次の通り。

〈業務用ソフトウェア開発の「藤システム開発」（東京都品川区）が今年八月、伊豆田清彦新崎県知事（五〇）の義理の父親（七七）が社長を務めるシステム開発会社「ライフ」（神奈川県川崎市）に、ソフトウェアの開発下請け業務を割高な金額で発注していた疑いの強いことが、関係者の話でわかった。

発注金額は、通常の相場の金額より少なくとも二億円以上高かったと見られる。東京地検特捜部も同様の事実を把握しており、藤システム開発に損害を与えた不正支出や、ライフ社側への利益供与に当たる可能性もあると見て、慎重に捜査を進めている。

この開発下請け業務に関し、「一般的に企業で用いられるパッケージ会計ソフトに毛が生えたようなもので、汎用《はんよう》ソフトのカスタマイズ部分が限られることを考えると、五割前後割高」と同業者は指摘する。

ライフ社の経理書類によると、地元金融機関からも多額の借り入れをしていたが、この受注後にこれらを全額返済するとともに、藤システム開発とその子会社から新たに借り入れを行っていた。

藤システム開発は、昨年八月に、新崎県発注の総務経理システムの開発業務を約二〇億円で受注していた。

ライフ社は一九八三年に設立され、知事の義理の父親が創業者。伊豆田知事も知事当選前は非常勤の取締役を務めて報酬を得ていたほか、約一割の同社株を保有する株主だった。

取引について、藤システム開発は「日本海新報」に、「システムの特殊性を反映した適正な発注金額と考えている」と話し、ライフ社社長、知事の義理の父親は、「受注金額は安いぐらいで、もっと高く発注してくれる会社もある」としている。伊豆田知事は「ライフ社の経営にタッチしておらず、相談も報告も受けていない」と取材に答えている〉

通常のスクープのように見えるこの記事であるが、よく読むと、不自然な点がいくつかある。

まず、共同通信や時事通信からの配信記事ではないことだ。別に、地方紙が地元のネタをスクープすることはおかしいことではない。しかし、地方紙が東京地検特捜部の動きを察知したり、東京や神奈川の会社の取引を取り上げたりすることは、やや奇異に思われる。何者かが、わざわざ「伊豆田知事のスキャンダル」を調べ上げて、「日本海新報」に持ち込んだ可能性が高い。

また、記事にはご丁寧にも、地元経済界と有識者のコメントも掲載されている。

〈地元経済界（新崎商工会議所会頭・小早川敬三氏・憩《いこい》建設社長）のコメント：もし事実であれば、誠に遺憾。知事はもっと地元の経済振興に力をそそぐべきだ。知事におかれては徹底した調査と説明を求める〉

〈有識者（中央大学教授：刑事法・大木守氏）のコメント：近年の贈収賄は、本人が直接関与せず、近親者の経営上の取引の形をとるなど、手法が巧妙化している。捜査が進展し、真相が明らかになることを期待する〉

新崎県は関東電力の供給区域外なので、県内に関東電力の支店や営業所があるわけではない。新崎原発があるといえども、それが裨益《ひえき》しているのは関東電力傘下の東栄会の会員企業だけなので、もともと地元経済界において、関東電力そのものの影響力は強くない。

日本電力連盟常務理事の小島巌は、新崎県下に電力を供給している北東電力と、みちのく栄会の会員企業のルートも使わせてもらったが、関東電力からダイレクトに地元経済界を左右するルートは使えなかった。

しかし、だからといって、地元経済界が新崎県知事の伊豆田清彦に好意的というわけではなかった。

伊豆田は若くして中央官庁から新崎県知事選挙に出馬・当選し、県民支持率は高かったが、その一方、県庁の現役職員やOB、そして長年県庁と癒着してきた業者のあいだでは、対照的にすこぶる評判は悪かった。

伊豆田は、何事にも「県民目線」を強調し、就任後、緊急非常財政宣言を発出、知事を筆頭に職員の給与を五〜二〇パーセントカットしてきた。県OBの天下りも全廃した。県の公共工事の発注についても指名競争入札を廃し、すべて一般競争入札を導入した。

そして、現業公務員の退職者不補充を徹底し、現業部門の民間移管を拡大した。隠れ借金を背負っていた土地開発公社を始めとする第三セクターをすべて廃止。公共工事に費用対効果分析を導入し、漫然と行われていた公共工事を実に二〇パーセントもカットした。

以上の取り組みにより、財政健全化団体に転落する寸前だった新崎県の財政は、伊豆田県政三年目で大幅黒字に転換することになった。

こうした実績を目の当《ま》たりにすると、伊豆田県政への批判は、ロジックとしては展開しにくい。しかし、既得権を剝奪《はくだつ》された県庁職員とそのOB、県庁職員と癒着しておいしい仕事を固定的に得ていた地元企業、そして、それらの仲介役として機能していた県議会議員などのあいだには、伊豆田知事に対する不満が渦巻いていたのだ。

「伊豆田知事は、人の話も聞かんでバッサリ切りよるからね」と、愚痴をこぼしていた連中を焚《た》き付《つ》けることは、乾いた干し草に火を点けるほど簡単なことだったのである。

さらに同日の「日本海新報」の社説でも、「知事は説明責任を果たせ」との見出しで、この問題が取り上げられていた。

〈自身にも県職員にも厳しく、関東電力の再稼働にも厳しい姿勢をとってきた伊豆田新崎県知事であるが、今回のことが事実であれば、知事の厳しい顔の裏側で、身内には甘い別の顔を見せていたことになる。

ITシステムの開発は、素人にはその内容がわかりにくく、費用の妥当性が検証しにくい。知事は、外部に第三者委員会を設けて、今回の問題となった取引を徹底的に検証するべきではないか。瓜田《かでん》に履《くつ》を納《い》れず李下《りか》に冠《かんむり》を正さず、である。

フクシマ事故の検証なしでの新崎原発の再稼働に伊豆田知事が慎重であるのならば、今回の不透明取引の検証なしに伊豆田県政を推進することは、許されないことである〉

一面のスクープ記事だけであれば、現場の記者とデスクが走っている、という理解も可能であろう。しかし、一気に社説にまで展開するということは、新崎県の最大メディアである「日本海新報」が、周到に準備をしたうえで、一夜にしてアンチ伊豆田の姿勢を明確に取ったことを意味している……。

（26）

ちょうどこの日、新崎県議会の本会議が開催されることになっていた。そして、本会議で質疑に立つ予定の人物は、北東電力の労働組合出身の議員だった。

通常、県議会の質問は、国会と同様、質疑者から質問内容の通告が行われる。国と比較して違うところは、「答弁調整」といって、質疑者と県庁側で念入りに、事前に二週間近くかけ、質問内容と答弁内容をすり合わせることだ。

しかし、この議員は、今回に限っては、県庁側のアプローチには一切応じていなかった。

こうした場合、ぶっつけ本番で質問されると、知事に恥をかかせることにもなりかねない。このため県庁の答弁調整の担当課長は、議員の事務所だけでなく自宅まで足を運び、土下座してまで議員に質問内容の通告をお願いした。しかし議員は、「まだ決めていない」「明朝ブログにアップする」の一点張りだった。

県議会事務局長も、議員本人だけでなく、議員の会派の代表や議長・副議長にまで相談に行った。

しかし、いつもとは違い、

「あくまで答弁調整は公のルールではなく、議事を円滑に進めるための議員のサービスにすぎないだろ」

「質問通告を強制することはできない。なにか当局が議員のご機嫌を損ねたんじゃないの？　伊豆田知事の側に反省するべき点があるんじゃないか」

「議員の質問権は神聖だ。当局から圧力をかけるとは何ごとか！」

と、けんもほろろだった。

県議会事務局長の仕事は、県議会と知事との関係をスムーズにすることなので、前日の日曜日の知事公舎での答弁の勉強会の際には、

「まだ答弁調整に応じてくれない議員が一名おりまして、今晩、明朝と接触を続ける予定です。申し訳ございません」

とだけ伊豆田知事に説明しておいた。

この質問議員のバックグラウンドは、「北東電力の労働組合出身」とホームページ上に記載されている。ただし、地方議会議員は兼職が禁じられていないため、より正確には、現在も依然として北東電力の社員という立場を有していた。

電力会社の社員は、本人だけでなくその親も含めて、もともとリスク回避的な性向が強く、電力会社を辞めて地方議員に立候補するなどと言い出せば、両親や親族が本人を羽交《はが》い締《じ》めにしてまで止めてしまう。「なぜ一生安泰で楽な仕事を途中で辞めて、いつ無職になるかわからない危険を冒《おか》すのか」という話である。

したがって、この議員にも、落選してもいつでも仕事に復帰できるよう電力会社社員という身分は残し、かつ、経済的にも旨味《うまみ》があるように、地方議会からの議員報酬に加え、電力会社社員としての給与をダブルで得させていた。そして、労働組合からの政治献金、さらには、みちのく栄会からの裏資金という二重の形で、政治資金も潤沢に補給されていた。

立候補しない他の電力会社社員からは、給与がダブルでもらえるのはおかしい、という声もあったが、それは町中に顔写真入りのポスターがベタベタと貼られて家族全員が恥ずかしい思いをする選挙戦の代償、という説明が社内ではなされていた。

選挙活動自体も、電力会社の現役社員が有給休暇をとって手伝う。今は主に外注しているとはいえ、検針や集金業務のノウハウがある電力会社社員にとってみれば、戸別訪問など、やり慣れたものだ。退職後も、厚生年金と企業年金に加えて、手厚い議員年金も保障される。

電力会社の現役社員であるから、有権者の声を届けるという法的拘束力のない県議会議員としてのモラルよりも、当然、社員として電力会社の幹部からの法的拘束力のある職務命令に従う義務のほうが優先されることとなる。

（27）

本会議当日早朝、伊豆田知事の疑惑が一面に掲載された「日本海新報」が新崎県内の各家庭に配達され始めたころ、議員のブログに質問通告がアップされた。

〈今朝の「日本海新報」の一面を見て驚きました。知事の義理の父親の会社に二億円の利益供与があったとのこと。元を辿《たど》れば、これは県民の血税です。見逃すわけにはいきません。今日の県議会本会議で質問します。質問の具体的内容は県庁当局には開示いたしません。質疑の様子はインターネット中継されますので、県民の皆様、どうぞご覧ください〉

県議会では、普段は空席が目立つ傍聴席も満員になり、記者席には在京キー局のＴＶカメラが並んだ。

「民自党会派を代表して、知事に今朝の『日本海新報』の報道について質問いたします」

カメラのフラッシュが一斉にたかれた。

質問は、知事が同記事について事前に知っていた内容、新崎県が総務経理システムの開発業務を藤システム開発に発注した事実および経緯、藤システム開発とライフ社との関係、ライフ社の非常勤取締役としての業務内容および報酬、現在のライフ社の社長との公的および私的関係の有無など細部にわたった。

本会議の質問は、一問一答ではなく、まず質疑者が質問をすべて読み上げ、知事がそのすべてに答えるスタイルである。知事をサポートする県職員にとっても、新崎県が総務経理システムの開発を発注した事実および経緯については県庁の仕事なので想定問答を準備できていたが、それ以外の点は県庁の関与することではないのでサポートのしようもない。伊豆田知事が一人知事席に座って答弁内容を準備する。なにぶん多岐にわたる質問なので、整理して答弁を準備するだけでも時間がかかる……。

「ただいま答弁を整理しております」と、議長が進行する。

ＴＶカメラのライトが明々《あかあか》と知事を照らし出し、時間の経過に伴って、だんだんと議場全体もざわついてくる。知事の額にも汗が流れてくる。それは、知事にとってはネガティブな映像となった。

議員の質問終了から六分半後、ようやく知事が答弁のために挙手をした。

「伊豆田知事」と、議長が答弁者を指名した。

伊豆田知事が立ち上がり、答弁席に立った。議場がようやくシンと静まった。

「ただいまの質問にお答え申し上げます。まずもって、議場の皆様方、そして県民の皆様方に対しまして、私の親族に関する記事をもってお騒がせしていることを心からお詫び申し上げます」

伊豆田知事の答弁は、このように始まった。

伊豆田は、「記事の事実関係の詳細は承知していない」「妻の実家の経営する会社の個別の取引について知りうる立場にない」「県の発注の経緯は公正になされたものと承知しているが、今後第三者委員会で調査を行う」「ライフ社の非常勤取締役時代は月三〇万円の報酬を得ていたが、特に具体的定型的な業務はなく、個別の相談に応じることがあったくらいである」「妻の父親には年一回程度会っているが、仕事の話はしていない」などと答えた。

伊豆田知事は淡々と落ち着いて答弁した。その答弁内容に落ち度はなかったが、なにぶん、わからない、承知していない、という点が多かったので、映像としては、答弁の整理や準備のための長時間の沈黙と併せ、いつになく歯切れの悪い印象を視聴者に与えるものとなった。

本会議終了後、伊豆田は報道陣にぶら下がりで取り囲まれた。

やりとりとしては議場の質疑の範囲内にとどまったが、知事の顔色にはいつもの生気がなかった。

ただでさえ終日の本会議は体力を消耗する。そのうえ、一夜にして突然、全方位から攻撃されたことが精神的には応《こた》えた。いつにない疲れが知事に押し寄せ、額には脂汗がたまっていた。


全身脱力状態の伊豆田を乗せた公用車が、知事公舎の入り口に到着した。守衛がいつもどおり勢いよく門を開くと、その脇から、男がするりと敷地内に入り込み、玄関の車寄せに先回りして、公用車が横付けされるのを待った。

伊豆田が車を降りると、随行の秘書の制止にもかかわらず、男は声をかけてきた。県政記者クラブの記者ではない。

「伊豆田知事、すみません、『週刊文秋』です」

無言の知事に、さらに追い打ちをかけた。

「ここの駐車場に停まっているあの赤色のベンツは、どうやって購入されたのでしょうか?」

妻が実家に買ってもらったCクラスである……。

知事は一瞬口ごもった。

『週刊文秋』の翌週号の巻頭見出しが決まった。

〈シリーズ第一弾：正論知事の裏の顔　妻ベンツ購入　県発注資金を還流〉

第一一章　総理と検事総長

（28）

霞が関のなかで検察庁は異色の存在である。

組織上は法務省の外局という形を取っている。しかし、検事総長など幹部については法務大臣の人事権も及ばず、内閣が任免することになっている。大臣や副大臣と同様、天皇陛下の認証官であり、皇居正殿松の間で、陛下から直接お言葉をかけられる。そして、検事総長の給与は法務大臣と同額。各省庁の事務次官より明らかに格上の扱いである。

そもそも東京大学法学部生であれば現役でかなりの確率で合格する国家公務員試験と違い、検察官は超難関の司法試験に合格しなければならない。国家公務員I種試験に合格したキャリア官僚が世間相場で言うエリートだとすれば、検察官はエリート中のエリートと言っても過言ではない。

同じ内閣の国家公務員といえども、入省時の試験も別、入省後の研修も別、給与体系も別、ということであれば、霞が関のなかでの内輪意識や一体感を検察庁が共有していないのは当然であった。

一方、同じく法の番人である警察庁は、政権との距離感に関しては検察庁とはまったく違う。

全国各地の警察は都道府県の下に置かれており、それを指揮監督する国家機関が警察庁である。警察庁長官は、内閣府の外局の行政委員会である国家公安委員会が任免する。国家公安委員会委員長は国務大臣が兼ねることから、人事的にも一応大臣のコントロール下にあるし、内閣総理大臣秘書官や官房長官秘書官に警察庁からの出向者が付いていることから、政権とは二人三脚の関係にある。

そう、悪い言い方をすれば「権力の犬」とも言えるのだ。そして、入省時の国家公務員試験も、入省後の新人研修も、給与体系も、他の国家公務員とほぼ同一だから、もちろん霞が関のなかで、他の省庁とも内輪意識や一体感を共有している。

資源エネルギー庁次長の日村直史は、既に警察への工作を終了していた。

警察は常に体制の側にある。時の政権が原発推進に転換すれば警察も原発推進側に立つ、ということだ。警察は、もともと持つそのＤＮＡから、政治体制の転覆につながりかねない大規模デモには懐疑的である。そして、反原発デモが一時一〇万人規模にふくらんだことや、そのなかに過激派や共産党が浸透する萌芽《ほうが》が見られたことにより、反原発デモに対し一層の警戒感を強めていた。

民自党政権下では、政権幹部に反原発デモに対するシンパシーや全共闘世代のノスタルジーがあって、警察の活動も抑制されていたが、保守党政権になり日村次長からの依頼によって、警察としても警戒活動を強める口実を得たのである。

政権と警察のねらいは、反原発のプロ活動家と一時の熱に浮かされた一般市民とを峻別《しゅんべつ》し、後者を冷静に落ち着かせることにあった。

具体的には、私服警官を毎週末、数十人単位で動員し、反原発デモの活動の様子をビデオ撮りして、参加者の面を割る作業を進めるとともに、運動の先頭で目立った動きをしている人間を尾行し、自宅の住所を特定した。デモ参加者が帰路に、自転車を無灯火で運転したり、立ち小便をしたりしている姿も、すべてこっそり記録された。

自宅が特定された参加者の周辺では、それぞれ管轄の署の警察官による聞き込みが露骨に行われた。

「お隣の奥様が官邸前の反原発デモに参加されているようなのですが、誘われたことはありますか?」

「お隣、何か変わった様子はありませんか、ちょっと気になることがありまして……」

白昼、こんな台詞《せりふ》とともに反原発デモの様子をビデオで見せて回られては、一般人はたまったものではない。熱に浮かされた一般市民たちは次々に冷水を浴びせかけられ、デモから離脱していった。

こうした警察の行為を不適切と糾弾《きゅうだん》する声も上がったが、過激派や共産党が浸透しようとしている形跡があることにより、逆に、一般市民を監視することも含めて正当化された。

経済産業省前の反原発テントの参加者も同様の憂き目にあった。テントに泊まり込んだ者のみならず、テントに立ち寄った者の自宅周辺にも続々と警察官による聞き込みが行われた。自然と参加者は減少し、それでもあえて参加する者は、もはや一般市民とはいえず、プロ活動家の卵として先鋭化していくことになった。

日村は、銀座のいつものクラブで、日本電力連盟常務理事の小島巌と密かに落ち合っていた。お互い最初の宴席を終わらせてきたので夜一〇時を過ぎている。

銀座七丁目のビルにあるそのクラブは、エレベーターを上がってすぐのところに入り口がある。さらに、店に入ると目の前に四畳半ほどの個室がある。だから、大衆の視線を気にすることはない。

もちろん、胸の部分が大きく開いたドレスを身にまとう若い女たちが傍らに座る。関東電力が、東栄会所属の非上場企業を挟んで、間接的にではあるが一〇〇パーセント所有する接待専用の秘密の店である。

日村は国家公務員倫理法を形式上クリアするために毎回五〇〇〇円だけ支払って隙なく領収証ももらっているが、店の調度やサービス、そしてホステスの質からして、三〇分座って三万円は下らないグレードだ。こうしたことも、実質的には関東電力の店だから、いくらでも融通《ゆうずう》が利く。

「璃子《りこ》ちゃん、いつもありがとう」

と日村はホステスの璃子からおしぼりを受け取った。最近、見習いとしてこの店に入った娘だ。尻の弾力とスラリとした脚とがうまく調和している。

「で、警察は動いてくださっていますか」

小島は日村に遠慮なく切り出した。

「まぁ順調ですよ」

おしぼりで顔を拭きながら、日村は吐き捨てるように述べた。

「それにしても、早く再稼働させて態勢を立て直さなければ、本当に世の中がめちゃくちゃになりますもんね」

と小島。世の中がめちゃくちゃになる、とは、電力会社のレントという甘い蜜に群がることができなくなる、ということと同義であった。政治家はパーティー券が捌《さば》けず、官僚は天下りや付け回しができず、電力会社は地域独占という温室のなかでの大名扱いがなくなる、ということだ。

日村はどんなときでも隙はない。ただうなずくだけだ。

小島が続けた。

「ああいう山下次郎のような高校中退のタレントが選良として国会に登場するのは、ある種の革命の萌芽《ほうが》のようなもんかもしれませんなぁ。許せませんなぁ。私ども最高学府の出身者が、こうやって世の中から叩かれ、ないがしろにされているのに……」

璃子が日村のグラスに新しい氷を入れた。カチャッと少しだけ音が響いた。静かな店内だった。

「で、御社の宿題のほうは順調に進んでいると理解していいんですか」

と日村がクールに尋ねる。どんな言葉尻をとらえられても言い逃れができるような表現しか日村は使わない。宿題とは、九月の半ばに保守党商工族のドン赤沢浩一から厳命された伊豆田新崎県知事をなんとかする、という件だ。

「ええ、もちろん。前回の宿題は、『日本海新報』の報道の通りです。検察にも働きかけていますす」

と小島は答えた。

いかんせん、この小島という男は国家権力の神髄を何もわかっていない。ただ薄汚いカネで政治を買ってきただけの男だ。

最高学府とは東京大学のことをいうのではない。東京大学法学部のことをいうのだ。経済学部出身の小島が検察に働きかけたからといって何ができるというのだ。

「私たちと山下次郎とでは、学歴もＩＱもこれまで払ってきた努力もまったく違います。経産省や電力会社がこれまでの日本を引っ張ってきたんですから、それに見合った待遇を受けることは当然ですよね……」

と小島は続ける。

この小島という男はもっともそうな顔をして、やはりわかっていない。東大法学部と経済学部との偏差値の差も、経産省のキャリア官僚と電力会社社員との社会的立場の差も。電力会社のカネの力を笠に着て、自分と同列に自らを論じる小島に、日村はおぞましさを感じた。

家柄こそ平凡なサラリーマンの子息ではあるが、四谷大塚で総合順位一桁、東京教育大学附属駒場中学・高校卒、東大法学部卒で、経産省のキャリア官僚。なろうと思えば、検事にでも東大教授にでもなれただろう。ただ人生の節目に、選択の必要に迫られて、当時の通産省を選んだに過ぎない。

今は大蔵省も財務省と名前を変え、通産省も経産省と名前を変えたが、国家公務員上級職は戦前では官吏と呼ばれ、天皇陛下に任命されたはずの職業なのだ。こういう高貴で完璧なキャリアを有する自分たちが、大衆の嫉妬で公務員バッシングされながらも、それでも大衆の幸せな日々の生活のために仕事をしている。そういう自分だからこそ、それに見合った待遇を受けるべきなのだ。

給料は民間企業よりも安く、その分を取り戻すための天下りも禁止された。公務員宿舎も縮小している。特殊法人や電力会社への付け回しもできなくなった。接待ゴルフや付け届けもなくなった。キャリア官僚になったときに事実上約束されていたことが、すべて反故《ほご》にされている。

「とにかく、検察をなんとかしてください。日村次長、法学部なら同窓生も検察にいらっしゃるんでしょ」

隣で小島が話し続けていたが、日村の視線は璃子の豊満な胸の谷間に吸い寄せられていた。もうこれ以上、小島と会話を交わしたくはなかった。日村はあいまいな返事でお茶を濁して、この会合の後に続くであろう璃子との情事に思いを巡らせた。それこそが自分に見合った待遇といえるだろう。

翌日心身ともにすっきりとリフレッシュした日村は、昨夜の小島の検察対策の陳情を思い返していた。

たしかに日村にとっても、難問は検察庁だった。

新崎県知事の伊豆田清彦をなんとかするには、やはり東京地検特捜部を動かさなくてはならない。しかし、原子力の再稼働に慎重姿勢を示している、人気で話題の新崎県知事である。軽々に事件化することは、世論から「国策捜査」との誹《そし》りを受けかねない。検察上層部もいやがるだろう。電力会社が特捜に話をしたからといって、誰しもが納得できる悪質事案でなければ、立件されるあてはなかった。

検察は誰にとってもアプローチしがたい存在ではある。恐れをなして近づかない。日村にとっても同じ距離感だが、商工族のドンである赤沢議員との関係で、伊豆田知事をなんとかしなければならないのだから、検察を動かすしかない。

幸い日村には、東大法学部のゼミの同窓に検察庁に進んだ友人がいた。さすがに経済産業省の同期のように気安く電話をかけて話は聞けないが、ちょうどこの週末に大学時代のゼミのOB会が予定されている。

検察官は、公平性、政治的中立性が求められるので、裁判官と同じように、俗世と交わることに対しては自制心が働く。しかし検察官だって人間だ。生身《なまみ》の社会の動きに関心はあるし、付き合う相手が粗暴犯や暴力団だけでは、気持ちが滅入《めい》ることもある。誰から問われても説明に窮することのない大学のゼミのOB会などというのは、最も気安く参加できる会合なのである。

――東京大学本郷キャンパス内の山上《さんじょう》会館での立食の一次会を終え、日村は、友人の検事を誘って本郷三丁目駅前の居酒屋に連れ出した。

友人は特捜部の経験もあるが、今は法務省の刑事局付検事という、いわゆる赤レンガ派である。検察の出世コースには、伝統的に、「巨悪を眠らせない」という特捜部のコースと、法務官僚として行政能力を買われる赤レンガ派のコースがある。特捜の論理も、赤レンガ派の論理も、この男は両方わかっているはずだ。

日村はわざと、軽妙に、簡潔に、今の状況を相談した。深刻に話をすると重く受け止められてしまい、検察の感触すら教えてもらえないかもしれないからだ。

お通しとジョッキの生が二つ届いた。

「今日の話は全部オフレコだぞ。あくまで非公式な、大学時代の友人との雑談だからな」

予想通り、友人の検事はこう予防線を張ったうえで、ジョッキの生ビールをゴクリと飲みほした。

「……関東電力からタレこみのあった刑事告発の件は風の便りに聞いたよ。まぁ、普通に考えたら伊豆田知事の立件は難しいな。第一、あの程度の話じゃ、特捜の食指が動かないだろ？

特捜は大衆との関係では正義の味方なんだよ。原発再稼働に正論を吐いて県民支持率も高い人気者の伊豆田知事を立件するなんて、正気の沙汰じゃない。上層部だって、それをひっくり返す理由がない」

検事は努めて笑顔で話しているが、その目は笑っていない。

「まぁ、そうだろうな」と、日村は認めるしかなかった。

「だいたい、電力は汚いぞ。あれだけの政治資金を悪用して、やりたい放題じゃないか。挙げ句の果てがフクシマの事故だ。今回の刑事告発だって、またどうせ電力のカネで掘り起こしたネタだろ？　特捜に持ち込むや否や、『日本海新報』にリークしてんだろ？

まぁ、立件まではいかないことは承知のうえで、伊豆田知事の支持率を下げる工作活動ってことなんだろうし、社内的にも、関東電力の会長や社長に、総務部はがんばって検察にも持ち込んでいます、ってポーズを示したいだけだろ？　サラリーマン根性だな」

検事はこう、吐き捨てるように言った。笑顔は消えていた。

「おっしゃるとおり、それはもっともだよ……」と、日村は深く頷いてみせる。

そしてこう続けた。

「……しかしね、何で俺がこんな話をしていると思う？」

検事の双眸《そうぼう》に底光りが宿るようになった。日村はたたみかけるように続ける。

「電力だけの話ならそうだろうな。しかし、これが時の政権の意思ならどうだろう？」

しかし、検事は自嘲気味の台詞を吐くだけだった。

「……政権の意思をどう検察幹部に伝えるかだな。検察だって、特捜だって、サラリーマンだからな、上司次第だよ。電力会社や経済産業省と、そう変わることはない」

日村が切り込む。

「どう伝えるのがいい？」

検事は苦笑する。

「まぁ、大学のゼミのOB会のあとに、居酒屋で、資源エネルギー庁高官が雑談するくらいじゃ、話にならんよな」

検事はさらに、こう断言した。

「……これは特捜部長を説得する話だ。特捜部長を説得できる人間は、検察の最高幹部しかいないぞ」

――検察の最高幹部とは検事総長のことだ。

「検察の最高幹部は法務大臣と給料も同額だ。法務大臣と同格ってことだ。法務大臣から最高幹部に圧力をかけて表沙汰になったら、指揮権発動と大騒ぎになるってことだぞ。原発再稼働のために、改革派知事を嵌《は》めて、指揮権発動して立件した、ってことになったら、『なりふり構わぬ再稼働、国策捜査』って大々的に報道される。裁判でも、たぶん検察は負ける。

その後、改革派知事だった伊豆田清彦は、厚生労働省の村木厚子《むらきあつこ》ばりの大スターになる。たとえ裁判で検察が勝っても、外務事務官だった佐藤優《さとうまさる》のケースと同じだ。手記は大ヒット、テレビには引っ張りダコ。そんなことを本当に政権は望むのか？」

検察としての見事な組織防衛だ。こうかましておけば、普通、外部の人間は、検察に圧力をかけることは難しいと思い、断念するだろう。

しかし、日村は普通の人間ではない。

検事が見誤ったのは、経済産業省資源エネルギー庁次長の日村と政権との近さだった。保守党の岩崎幹事長や、商工族のドン赤沢と気安くつながり、総理秘書官とも電話一本で話が通る。総理とも面識はある。経済産業省のエリートのなかでも政治に近い立ち位置で職務経験を積んできた日村にとって、検察の最高幹部の形式的な上司が法務大臣だとしても、大臣に話を通すようなややこしいことはしない。

法務大臣は、国家公安委員会委員長や環境大臣と並んで軽量級の政治家が座るポストであり、引退直前の議員や、参院の初入閣者、あるいは女性の初入閣者が就くのが通例だった。現に日村も今の法務大臣が誰だったか思い出せないし、思い出す気にもならない。一気に総理大臣にアプローチすることにした。

幹事長の岩崎も、商工族のドン赤沢も、現総理が総裁選で勝ち抜いたときの立て役者だった。二人から総理に電話を入れてもらったうえで、会合のセッティングは総理秘書官に依頼しよう……。

（29）

「ホテルのダイニングにて秘書官等と夕食」と新聞紙上で「首相動静」の欄に書かれるときは、総理は、ホテルを籠脱《かごぬ》けし、報じられたくない会合に参加していることが多い。その日も、総理は官邸裏のザ・キャピトルホテル東急を籠脱けして、牛オイル焼きが名物の赤坂の「松亭」という料理屋に入っていった。総理の好物は牛肉だ。

「松亭」の奥の個室のなかでは、既に検事総長が、総理の到着を待っていた。検事総長は典型的な赤レンガ派の経歴だった。

日村は、「松亭」の入り口を入ってすぐの赤い布で覆われた待ち合わせスペースで総理の到着を出迎え、そのまま総理と一緒に入室した。検事総長は、メタル・フレームの眼鏡をかけた、もともと神経質そうに見える小男だが、さらに緊張して小さく縮こまっている。

総理は、政治家四世の血筋で、悪く言えばハングリー精神に欠ける一方で、立ち居振る舞いに品があり、怒らず、こだわらず、バランスの取れた人物である。父親の秘書としても経験を積んだので、上に立つ人間が周囲にどれだけ気を遣わなければならないか、など、気配りにも優れている。

二世や三世の国会議員は、世襲との批判をよく受ける。しかし、一代で叩き上げで政治家になった人物は、だいたいカネ（鞄）のことで頭が一杯である。これに対し二世や三世は、地盤と看板も持っているおかげで、選挙に過度にふり回されることなく、政治や処世術に集中できる。そういう世襲のよい点を周囲に評価され、ついに政権交代後の総理に選出されたのだ。

政策的なこだわりもあまりない。世の中に絶対なんてことはない、どちらかの主張が絶対に正しいということはない、ということを経験的に知っている。利害が対立する局面でも、どうしたら双方の顔が立つか、という調整役に徹することができる。そういう人物だった。

頭がずば抜けて切れるわけでもない。しかし、優れた政治家というのは、頭が切れる必要はない。よく官僚に説明をさせて、それを正しく理解し、しばらくのあいだ記憶が保持できる、それだけでいい。日本国の総理大臣とは、その程度のものなのである。

その程度の頭の持ち主である総理にも、日本が原発を再稼働させなければ、原油の購入で国富が海外に流出することや、日本の製造業が高価な電気代で国際競争力を失うことについて、日村の一通りのレクチャーで理解できた。

原発の電気は発電時には安いと称しているが、実は白地小切手《しらじ》の振り出しのようなもので、後の放射性廃棄物の処分でいくらかかるかわからない、というような不都合な真実を、総理独自の情報源で入手し、官僚の説明と突き合わせて自分の頭で勉強するようなことはしなかった。

「今日は、普段なかなか表だってお会いしにくい方のご接待をさせていただく、ということで……」

総理のほうから検事総長にビールを注《つ》いだ。

「本当にお疲れさまです、いつもありがとうございます」と、総理。こうした気遣いは、心憎いばかりだった。

「こちらは、資源エネルギー庁次長の日村さん。私のエネルギー問題でのブレーンです」

総理が日村を紹介した。総理に直接レクチャーしたことなど幾度もないのに、である。こうした物言いが自然にできるところが、総理が総理となった所以《ゆえん》なのだろう。

会食中は、ところどころで日村が原発再稼働の必要性に簡単に触れる程度で、多くの時間は時節の雑談に終始した。

総理も、日村も、検事総長も、年齢的にはそれほど差異があるわけではない。同世代の気安さ、そしてルートは違えども、社会のメインストリームを歩んできた者同士、エスタブリッシュメントとしての連帯感から、おのずとフクシマ事故以降の社会の混乱を収拾することの必要性について確認し合うこととなった。

デザートが提供されるタイミングで、総理秘書官が総理を呼びに来た。一時間半も総理が時間を費やしてくれたのは、この問題を総理がいかに重視しているか――それを示していた。

総理は立ち上がって退出する間際、

「総長、くれぐれも日本国の秩序と安定をよろしくお願いしますっ。エネルギーの安定供給は国の根本ですから」

と言って、爽《さわ》やかな笑顔をつくり、検事総長に右手を差し出した。

総長は両手で総理の右手を握り、腰を低くして応じる。

結局、総理から具体的な指示は何一つなかったが、総長に政権の意思は十二分に伝わっていた。総理の貫禄勝ちであった。

(30)

事実、「判検交流」といって、裁判官と検察官がたがいの職務を経験し合うような仕組みが存在するこの国の三権分立は、机上の空論に過ぎない。

厚生労働省の村木厚子を無実の罪に陥れた大阪地検特捜部の証拠捏造《ねつぞう》事件も、国民の関心を大きく惹き付け、検察組織の劣化を世間に印象づけた。自分たちの組織の名声と、己の出世だけのために罪を作り上げる特捜検事たちに、国民は、薄ら寒い恐怖感を抱くようになった。

——正義のために検察が存在する、などということは、夢想に過ぎない。

国会議員を経験した人物も、以下のように、政権と検察が一心同体になっていく様を活写している。

元参議院議員の平野貞夫《ひらのさだお》は、その著書『小沢一郎 完全無罪——「特高検察」が犯した7つの大罪』で、検察の裏ガネ問題を告発しようとした、当時、大阪高等検察庁公安部長だった三井環《みついたまき》が、微罪を理由に逮捕された件を挙げて、以下のように記している。

三井は上司である大阪高検次席検事の加納駿亮《かのうしゅんすけ》の杜撰《ずさん》な仕事ぶりを指摘し、逆恨《さかうら》みを買っていた。

〈二〇〇一年一一月、小泉内閣は、三井が裏ガネ問題で告発していた加納を不問に付して、福岡高検検事長に任命する。

それに呼応するかのように、森山眞弓《もりやままゆみ》法相は、記者会見で検察の裏ガネ疑惑を一切否定した。

このように、検察は小泉と密約を結び、検事長人事の承諾をもらうことができた。だが、検事長人事のために小泉に大きな借りをつくったのである。

小泉は検察との密約以降、検察に対して大きな影響力を行使することになった。内閣と検察のこのときの関係は、まさに小泉版「指揮権発動」だったのである。

小泉は、検察を利用して政敵を屠《ほふ》ることに躍起《やっき》になった。

まず、二〇〇一年には、参議院のドンと呼ばれ、小泉の政敵となっていた村上正邦《むらかみまさくに》がターゲットとなった。東京地検特捜部は、KSD（財団法人ケーエスデー中小企業経営者福祉事業団）事件に絡み、同年三月に、受託収賄容疑で逮捕している。

続く二〇〇二年四月には、検察の裏ガネ問題を告発し、小泉内閣を結果的に窮地に追いやる可能性のある大阪高検公安部長の三井環が、電磁的公正証書原本不実記録・同供用、詐欺《さぎ》、公務員職権濫用の容疑で逮捕されている。

同年五月には、外交官の佐藤優が鈴木宗男《すずきむねお》事件に絡む背任容疑で逮捕される。

そして、同年六月には、小泉の政敵である鈴木宗男衆議院議員が、製材業者の「やまりん」からのあっせん収賄容疑で逮捕されるのである。

検察の動きは表に出なかったが、同年八月には、外務省を引っかき回して小泉改革のガンとなった田中眞紀子《たなかまきこ》が、公設秘書給与流用疑惑で議員辞職に追い込まれている。これは後に東京地検特捜部が捜査を行ったが、不起訴処分になった。

さらに二〇〇四年九月には、日歯連ヤミ献金疑惑で、自民党の最大派閥であった橋本派の村岡《むらおか》兼造《かねぞう》が在宅起訴されることになる。

小泉が内閣総理大臣として在任中に、六人もの政敵が検察によって屠られているのである。人

物といい、タイミングといい、あまりにもでき過ぎている捜査といえないだろうか〉

また、元衆議院議員の鈴木宗男も、自分の体験を、著書『汚名――検察に人生を奪われた男の告白』のなかで記している。いわゆる「ムネオハウス談合」についての件である。当時、鈴木は、北方四島住民支援事業での、北海道選出の衆議院議員として、構造改革を進める小泉純一郎首相の「政敵」と目されていた。

ここでは、自分の公設第一秘書、宮野明《みやのあきら》が脳動脈瘤《りゅう》の手術を受け、そもそも談合があったという三日後には、自宅で療養していたという事実を挙げている。

〈ところが検察は、こんなストーリーをデッチ上げようとしていた。

まずプレハブ宿舎建設を受注した企業に、宮野が連絡した。「地元業者を紹介するから工事にかませろ」と鈴木宗男の名前で圧力をかける。それが五月二二日で、そのため両企業は六月三日、釧路《くしろ》事務所に出向き、宮野と面談、彼が紹介する地元企業に工事の一部を発注した、というわけだ。

しかし、北方四島住民支援事業には、根室の地元業者がかかわるという条件がある以上、いずれにせよ、日本工営も日揮《にっき》も地元業者を探さなくてはならなかった。自分たちで探すか、誰かに紹介してもらうかという選択で、そこに私の事務所が多少、かかわった。

それを談合というのなら、それで何が儲かるのだろうか。利益誘導をした、あるいは地元支援者に便宜《べんぎ》を図ったというならば、お世話になっている地元や後援者へのわずかな善意すら行うなというのだろうか。

その程度の行為をすべて談合や斡旋収賄の罪に問えば、国会議員どころか町会議員など政治家という政治家は、すべて逮捕されてしまう。

この件でいえば、日本工営と日揮が私の事務所を訪ねてきたのは、外務省から「鈴木事務所に行って、地元業者を紹介してもらえ」と指示されたからだった。

彼らは元請け業者である。国後島《くなしり》で直接、工事を担うわけではない。いずれにせよ、現地の事情に詳しい地元業者の存在は不可欠なのだ。

その意味でいえば、横浜に本社のある企業（日揮）が工事を受注したこと自体、おかしな話であろう。最初から、根室管内の業者に発注なり受注させておけば、わざわざ私の事務所に来る必要はなく、当然、「談合」もおこりようはない。

検察が談合を捜査するというならば、まず最初に外務省と日本工営や日揮との「不適切」な関係を調べるのが「筋」というものだろう。

無理を通せば道理がひっこむ。

私は、こう思わざるをえなかった。

もはやこれは「国策捜査」である、と。

外務省が単独で国策捜査をさせる力などない。別の勢力のサポートが必要だ。それができる組織は、一つしかあるまい。

そう、官邸である。実際、私へのさまざまな圧力が頂点に達するころ、検察に最後の「一線」を踏み越えさせたのは、間違いなく官邸であった。

その人物は、当時、小泉政権の官房長官だった福田康夫《ふくだやすお》である。彼は、担当記者を集めて行うオフレコの懇談会、通称「記者懇」でこう語っていたという。「鈴木宗男の捜査はドンドンやったほうがいい」「鈴木宗男が逮捕されても政権に影響はない」。

オフレコでの談話ゆえ、新聞記事として報じられることはない。が、官邸のナンバー2《ツー》がそう発言したとなれば、それはすぐさまメッセージとして多方面に伝わる。まずマスコミが同調し、それが世論となり、最終的に検察を動かす力となる。

検察にしてみれば、時の政権が「大物与党代議士」を逮捕していいというお墨付きをくれたのも同然なのだ。もはや私への逮捕に躊躇《ちゅうちょ》はなかった〉

政権と検察は、一心同体なのである――。

第一二章　スクープの裏側

（31）

〈原子力規制庁審議官、日本原発に機密漏洩《ろうえい》〉

こう、一一月五日「朝経新聞」朝刊一面で大々的に報じられた。

スクープだった。他紙も一斉に裏を取りに走り始めた。

官房長官の記者会見は一日二回、総理官邸の記者会見室で開かれる。官房長官が不在の場合は、官房副長官が対応することもあるが、たいていは官房長官が行う。総理大臣の女房役である官房長官は、外遊や国会出席が多い総理に代わり、漬物石《つけものいし》のようにどっしりと座り、官邸の留守を預かる存在である。

記者会見では、時々の政府に関わりある案件はすべて聞かれる。そして、政府に関係ない古今東西の出来事についてすら感想やコメントを求められる。常にテレビカメラが入っているから、国民受けを考えれば、当意即妙にやりとりをこなさなければならない。政府のなかで最も重要な仕事といっても過言ではない。

諸外国では専任の報道官がこれに当たっているが、日本では、なぜか伝統的に官房長官の仕事になっている。

官房長官記者会見をしのぐため、官房長官の秘書官として、警察庁、財務省、外務省から出向者を採り、国政の重要な出来事すべての情報と想定問答を、毎朝、朝刊が刷り上がるころ、官房長官秘書官から各省に発注させている。各省作成の想定問答をすべて刈り取って勉強したうえで、会見に臨むのだ。

しかし今日は、いくら官房長官秘書官から問い合わせても、原子力規制庁からまともな返事が返ってこない。

午前一一時、官房長官記者会見では、

「現在、事実関係を調査中であります。報道が事実とすれば誠に遺憾です」

という一般的な答弁しかできなかった。

午後四時の官房長官記者会見でも、引き続き、記者から質問が出た。

「原子力の安全性について国民に疑念があるなかで、報告書案を事前に事業者に手交した行為は、社会通念上極めて不適切といわざるを得ません。ただ、事前に渡した内容は、国家公務員法上の秘密には該当しないため、守秘義務違反とはなりません。本日付で、審議官を訓告処分とした、との報告を、原子力規制庁長官から受けております」

官房長官はこう答えるしかなかった。

すると翌日、再び「朝経新聞」の一面に次の見出しが躍った。

〈原子力規制庁審議官漏洩、天下り斡旋が契機〉

午前一一時、官房長官記者会見――。

「事実関係については現在調査中であります。仮に報道されたことが事実であったとしても、職業選択の自由は憲法上保障された人権でもあり、また、いわゆる企業からのスカウト行為を利害関係者が斡旋したとしても、直ちに違法性を帯びるとは言い切れない、と承知しています」

翌々日、再び「朝経新聞」一面に文字が躍る。

〈規制庁審議官、原子力規制委員会委員交替を示唆〉

午前一一時、官房長官記者会見――。

「事実関係を調査中です。なお、昨日付で同審議官は原子力規制庁から経産省大臣官房付に更迭《こうてつ》いたしました。これは調査結果のいかんにかかわらず、国民に職務の公正性について疑念を抱かせたこと自体が不適切であり、速やかに対処する必要があると判断したからであります」

午後四時、官房長官記者会見――。

「経済産業省において大臣官房付となっている元審議官本人に事実関係を聴取したところ、本人は否定しています。原子力規制庁長官からは、一連の件につきまして、外部の委員から構成される第三者委員会で、経産省の協力も得つつ、今後も検証する、との報告を受けております」

第三者委員会での検証は、ほとぼりが冷めるまでの精一杯の時間かせぎだ。

その夜、「朝経新聞」系列の「テレビ朝経」の報道ニュース番組でも、一一分間の特集で、この問題が取り上げられた。玉川京子が提供したＩＣレコーダーの音声が編集され、報道されたのだ。

日本原発の常務が審議官室に出入りする映像も流れた。これも西岡課長補佐が、後日、審議官室に仕掛けたものの成果だった。

「しかし、生々しい映像と音声ですねぇ……」

と、ニュースキャスターがうなる。

「原子力規制庁の幹部が、自分の天下りと引き換えに原子力の安全性について疑念を持たれる行動をする、ってこと、フクシマの事故のあとだけに、本当に信じられませんね」

解説委員がしかつめらしい顔で述べる。

「こういう映像や音声が行政内部から出てくる、ということ自体にも、私はたいへん驚いたんですが」

と、キャスターが続けると、

「そうですね。炭鉱では、有毒ガスを感知するために、カナリヤを籠《かご》に入れて坑道に入るといいますね。私は、この映像や音声というのは、行政内部のカナリヤが、必死になって異変を知らせている、その鳴き声のようにも思いますよ」

解説委員はこう、訳知り顔で述べた。

（32）

一般に、異なる会社に属する記者の間では、ネタは直接、横流ししたりしない。これは同じ系列の「朝経新聞」と「テレビ朝経」との間でも同じだ。

「テレビ朝経」が、「朝経新聞」の連続スクープ三日目にICレコーダーの音声とビデオ映像を特集で報道したということは、ネタの提供者が「朝経新聞」とも「テレビ朝経」ともよく連絡をとって、満を持してこのタイミングで放映することを事前に相談していたことを意味している。

玉川が「テレビ朝経」のディレクターに音声と映像を持ち込んだとき、「テレビ朝経」からは、

「これって隠し撮り、ですか？」

と、まず難色を示された。

私人の会話や映像の記録自体には違法性はない。しかし、それを収録するために立ち入った際に、その建物の管理者の承諾がなければ、住居侵入罪が成立しうる。BPO、放送倫理・番組向上機構の放送倫理検証委員会において問題にされる可能性があるため、「テレビ朝経」は放送に当初、及び腰であった。

こういう場合、原子力規制庁の「内部者」が録ったテープが提供されたということであれば、

管理者の承諾がある者による録音・録画なので、放送するうえでの障害はなくなる。しかし、内部者が直接、複数のメディアに売り込んで歩くというのは現実的ではない。

内部者は、霞が関の住人であれば、朝から夜中まで職場に事実上拘束されているし、仮に売り歩いたとすれば、直ちに足がつく。マスコミは、独占的な情報提供者についてはできる限り情報源を秘匿《ひとく》するが、誰にでも情報を提供する者については、必ずしも守ろうとはしない。

――そこで、内部者とマスコミのあいだをつなぐ人間が有用になる。

「これは、内部の人間が録った音と絵です。直接持ち歩くのは危険なので、本人の代わりに私が持ち込みました。誰が録ったかも私は知っていますし、必要があれば、録音者本人が電話で説明することも可能です」

こう玉川は説明し、難色を示す「テレビ朝経」を説得した。

原子力問題に懐疑的な「朝経新聞」と、その系列の「テレビ朝経」で最も視聴率のとれるニュース番組……それぞれに玉川と懇意の記者がいたので、仕込みは簡単だった。

結局、この夜のニュース番組の特集は、この時間帯にしては好成績の視聴率一四・四パーセントを記録した。

番記者とのオフレコ懇談を終えた官房長官も、議員宿舎でこの番組を見ていた一人だった。翌朝、迎えの公用車に乗り込むや否や、同行する警察庁出身の官房長官秘書官に強い口調で命じた。

「規制庁の審議官の情報漏洩も問題かもしらんが、それを外部のマスコミに流す内部告発者のほうが問題だ。霞が関の情報管理はどうなっているんだ！　政府のガバナンスが問われる問題だぞ！　徹底的に調査しろ！　次にこんなことがあったら、どうなるかわかってんだろうなっ？」

官房長官の目は、いつになく鋭かった。

国家権力の中枢に陣取る官房長官からすれば、原子力規制庁の幹部が民間に情報漏洩して原子力行政の中立性・公平性に多少の疑念を持たれることよりも、それを匿名《とくめい》で外部のマスコミに内部告発し、政権の内側からその基盤を切り崩す輩《やから》がいることのほうが危険に思えたのだ。そして、この対処を厳しく警察庁に求めることで、警察組織を締め上げることもできる……。

官房長官秘書官のポストは、警察庁のなかで、間違いなく同期一番か二番の者だけが就けるエリート・コースである。官房長官秘書官としても、このまま順調に出世すれば、全国二九万人の警察官のトップたる警察庁長官の座が見えてくる。こんなところで味噌をつけて、途中で交替させられたのではたまらない。

「……わかりました。警察の名誉にかけて徹底的に調査いたしますっ」

官房長官秘書官は車のシートに座ったまま、ほぼ九〇度腰を折り曲げて答えた。

警察庁に対し「官房長官の厳命である」と喧伝《けんでん》すれば、警察権力をフルに稼働させて、「警察の名誉」という名目で、官房長官秘書官の「自分の立場」を守ることができる。警察権力のスイッチが押された瞬間だった。

第一三章　日本電力連盟広報部

（33）

マスコミは、社会の木鐸《ぼくたく》として、社会正義のために働く職業と世の中からは認識されている。しかし実際には、社会正義を実現することよりも、他社を出し抜く、あるいは広告をとって利益をあげることが優先される場合も多い。組織の建て前と本音は一致しない。

建て前と本音が一致しないのは、官庁や電力会社、そして政治家とて同じことである。そういう組織のなかで、本音を正しく読み取り、建て前を押し殺す人間が出世していく。建て前の追求は、あくまでも、組織の利益を害さない範囲で行われる。いわばポーズなのだ。

「起きてしまったことは仕方がない、リカバリーショットをどう打つかだ」

と、日本電力連盟の小島巌常務理事は広報部長に厳しい表情で告げた。

小島自身は、野党に転落した民自党幹部との懇親会で、昨夜も帰宅が遅かった。ニュース番組の特集は見ていなかった。今朝、出勤するや否や、広報部長から、視聴率一四・四パーセントという数字を知らされるとともに、番組の録画を見せられた。

新聞にいくら書かれようと、仮にそれがステイタスのある「朝経新聞」の一面だったとしても、社会的な影響力はそれほど大きくはない。所詮、反応するのは、文字を読むインテリと反原発論者だ。

しかし、テレビは違う。国会議員から一般大衆まで見ている。いくら批判の直接的な矛先《ほこさき》が原子力規制庁の役人だとしても、それと道連れに、日本原発だけでなく電力会社全体が、「原子力ムラ」の癒着の構図の主役と受け止められるだろう。

「とにかく、あとの追いかけ記事が続かないようにしてくれよ。具体的な対策を講じて、今日中に報告しろ！」

こう、広報部長に厳命した。

……全体として、小島が参議院選挙当日の夜にしたためた「これからの課題」は、着実に解決に向かっていた。再稼働、電力システム改革の適正化、世論対策……少なくとも、小島が左右できる範囲では、ほぼベスト・シナリオが展開していた。

兵糧が尽きる前に政治やマスコミを押さえ込むためにも、こんな原子力規制庁の小役人の情報漏洩ごときで世論が逆戻りしてはたまらない。とにもかくにも、関東電力には、一日も早い新崎原発の再稼働が必要なのだ。

新崎原発の現地では、伊豆田知事の事前同意要求を無視した形で、フィルター付きベントの設置工事が、秘密裏に進んでいた。

設置工事の全体像を末端の作業員にわからなくするために、工事は分割発注された。分割発注には、原発停止で冷え込んでいる東栄会の会員企業をできるだけ多く潤す狙いもあるが、むしろ知事を無視してフィルター付きベントの工事を進めていることを秘密にしておくためだった。

現地で実際に施工に当たる二次下請けの作業員たちには、部分部分の工事の設計図だけが示され、それが何を目的とした工事であるかさえ秘密にされた。

「なんだか、えれぇ、頑丈《がんじょう》な配管だな。何が通るんだ？」

「液体じゃなくて、気体だとは聞いているがな」

「単なる空調じゃ、こんな丈夫な配管にはしねえだろうよ」

こう、作業員たちは、口々に、工事現場で疑問を呈していた。

工事の分割は徹底され、ゆえに配管の途中で、他社の施工する配管と繋ぎ合わせることが必要となった。設計図上では寸分の狂いもなくキレイにつながる長さで設計されていても、現実の工事は、規模が大きくなればなるほどズレが大きくなる。五〇センチメートルくらい、双方からの配管がずれることもある。

「おい、これズレてるけど、どうやって繋ぐんだ？」

と、作業員が他社の作業員に尋ねる。現場での混乱は、どんどん拡散していく。

「……いや、ズレないはずなんだけどなあ」

「継ぎ手でつないどくか？」

「一応、関東電力にお伺い立てとくか？」

「……でも、あいつらに聞いたら、本社に確認するとか言って、平気で一週間くらい放置されるぞ」

「とろい奴らだかんな。にもかかわらず、俺たちよりも、よっぽどいいカネもらってるんだろ？」

「しかも、一次下請けが中抜きしやがってんだからな」

「設計では起こらないはずのことが起きてんだから、適宜《てきぎ》対処、でいいだろ？」

「現場の作業には、関東電力も、一次下請けも、立ち会っちゃいないんだから、俺たちに任されてるってことさ、道理では」

「関東電力さんは、急ぐ、急ぐ、って言ってたしな」

「こんなのをいちいちお伺い立ててたら、俺たち死んじまうぜ」

「まぁ、放射性物質が通るような重要な配管じゃないんだし、ちょこちょこっと済ませちまおうぜ」

現場の作業員は口々に語り合う。

まさか、いざというときに、この配管に放射性物質を含む排気が通るとは、誰も認識していなかった……。

（34）

小島巌の命を受けた日本電力連盟広報部の世に知られざる仕事内容は、マスコミの言論を監視することである。

広報部は、部長、副部長以下六名の体制。勤務時間中はひたすら、新聞、雑誌、テレビを六名で手分けをしてチェックし、原子力発電や電力会社に対して批判的な言論をチェックする。問題があればプレッシャーをかける。

同じことを公権力がやれば憲法第二一条第二項の検閲の禁止に抵触するが、民間の会社がつくる任意団体であれば、何をやっても憲法上の問題とはならない。私人の行為だからである。

フクシマの事故前であれば、電話一本で広報部長からクレームを入れれば、マスコミ各社とも程度の差はあれ、速やかに対応してくれた。各社にとって、電力会社は一大スポンサーだったからだ。

地域独占が認められている電力会社は他社との競争に晒《さら》されていないので、本来テレビや新聞で宣伝をする必要がない。にもかかわらず、トヨタ自動車並みに投入される広告宣伝費は、報道機関にとっては魅力であり、毒の果実だった。

だから、プロデューサーからの反省文、あるいは出演者本人からの謝罪を一度でもとりつければ、パブロフの犬のように、その後は反射的に、たいていは電力に対する批判的な言論を自粛するようになった。

まれに覚えの悪い識者もいたが、二度警告を発しても改善しない者はブラックリストに載せ、マスコミ各社に番組や記事に起用しないよう執拗に働きかけた。近年、テレビや新聞で見かけなくなった反原発の著名人の多くは、そうした日本電力連盟広報部の所業の結果である。

逆に、原発や電力会社に理解を示す識者は、いわゆる「原発文化人」として、マスコミに重用を働きかけた。そして、講演会、社内報の座談会、電力会社の研究会の委員などを積極的に依頼し、その謝金は、一時間当たり最低でも二〇万円、少し名の通った人であれば五〇万、あるいは一〇〇万というのも当たり前であった。

しかし、フクシマの事故から、状況は一変した。

原発文化人は、自分が原発に好意的であった過去をできるだけ隠したがった。

「今回の原発事故で人は一人も死んでいない、確率論的には原発は安全なんです」とフクシマの事故の直後にテレビで発言した原発文化人は、ネットで執拗に攻撃されてブログが炎上した。こうした原発文化人の多くは、もともとさしたる定見もなく、変わり身が早い。この原発文化人も自身のブログで「謝罪」と「転向」を表明し、その後は原子力問題には言及しなくなった。

テレビ、新聞、週刊誌では、もともと誰からも相手にされず、反原発を貫いてきた研究者などが、フクシマの事故後しばらく「正義の味方」として重用されたが、彼らの過度に恐怖心を煽《あお》る極端な言論から人心が離れるのも早かった。

日本電力連盟広報部は、こういう状況の下で、執念深くマスコミの言論の監視を続けた。「正義の味方」として興奮するあまり、脱線したり勇み足をする原発批判の論者に対して、一つ一つ丁寧に反論し、やがて、そういった「正義の味方」を、マスコミではなく、ネット界に追いやることができた。

また、事実関係に誤りがある報道には、執拗に抗議文を送り、訂正を要求した。訂正記事の出稿は、確実に、社内でチョンボとして業績評価に響くので、現場の記者もデスクも慎重にならざるを得ない。

「こっちはプロだからな。コメンテーターはアマチュアのパートタイムだ。絶対にプロが負けちゃいかんぞ」

「訂正記事は、それ自体に意味があるだけじゃない。訂正を執拗に要求することで、『こんなこと書いたら電力から訂正を要求されちゃうな』と、現場の記者が常に意識する癖をつけさせることが大事なんだ」

広報部長は副部長たちを、こう叱咤《しった》激励していた。

石の上にも三年ではないが、こうした地道な取り組みは、緩やかではあるが確実に効果を上げ、失地を徐々に回復していった。


日本電力連盟広報部の手足として、さらに、各電力会社の広報部が存在した。

電力会社には、もともと正社員として検針や集金をしていた余剰人員のおばちゃんやおっちゃんが、腐るほど存在する。いまは検針や集金は外部の業者に委託しているのだが、もともといた人を解雇するわけにもいかないので、社内に吹き溜まりのようになって残されている。

各社の広報部では、正規の広報部の別働隊として、こうした余剰人員を収容した特別な部屋をつくっていた。

これらは本社とは別の分館の目立たない場所に設けられており、問題報道のあとには、余剰人員が一斉に、電話やネットで視聴者の声に反論の声を届ける。

そんな暇人は他にはいないから、どうしても「視聴者の声」は電力寄りの声に埋め尽くされる。

これに加え、各社の余剰人員は、ネット工作員としても活動していた。「2ちゃんねる」、政治家や著名人のツイッター、フェイスブック、SNS連動型テレビ番組などで、続々と電力会社の主張に沿ったコメントを書き続けるのである。


テレビのニュース番組やワイドショーのプロデューサー・クラスには、広報部の五名と副部長が手分けをして当たり、新聞各紙の編集局長には、広報部長と小島が手分けをして当たった。

各紙の編集局長は、「朝経新聞」を除き、年度は違えども、全員、日本電力連盟が費用丸抱えで参加させた海外電力事情調査団で、一週間ともに欧州を旅行した仲だ。気安く電話ができる。

今回の一連の報道が直接、電力会社に対するものでないことも好都合だ。

時候の挨拶、フクシマ事故の反省、最近連絡を取っていないことの詫《わ》びを一通り述べたところで、小島は「ちょっと小耳に挟んだ話ですけどね」と、用件を切り出した。

「うわさで聞いたんですけどね。ここ数日の『朝経新聞』さんの原子力規制庁の報道の話、どうやら世紀の大誤報のようですよ。旧国鉄から林野庁、環境省と転籍して、原子力規制庁に在籍している左翼のアンチ原発一派の自作自演の狂言に現場の記者が嵌められたようで。

ＢＰＯと朝経グループに、原子力規制庁から猛烈に抗議をしています。官邸も事を重大視しているようです。たぶん放送倫理検証委員会で大問題になりますなぁ」

まったく根拠のない出鱈目《でたらめ》のデマであるが、同時に複数のルートから話が駆け巡ると、その瞬間はもっともらしく聞こえる。内部告発では告発者の保護が必要なので、デマを流された場合にタイムリーに反論して打ち消すことは難しい。

各社が「朝経新聞」の報道を追いかける気運は一気にしぼんだ。ワイドショーでも取り上げられず、三日間の「朝経新聞」の朝刊と「テレビ朝経」のニュースが、青白い稲妻のように一瞬轟《とどろ》いただけで、人々の記憶の底に沈んでいった。


フクシマの事故以降一年ほどは、地震、被災者、原発事故に関する報道は高い視聴率をとっていたが、その後、視聴率は長期低落傾向を示していた。震災後二年を経過したあとは、それが特に顕著になり、ニュースや特集番組で、こうしたトピックが取り上げられると、視聴率の数字がガクンと如実に下がるようになっていた。視聴者はわざわざチャンネルを変えているのである。とにかくあの辛い経験や恐怖を早く忘れたい、過去のものとしたいのだ。もはや震災やフクシマの事故を日本国民の多くは現実のものとして直視できなくなっていた。

今回の一連の報道に対しても、国民のあいだでは、怒る気力よりも、諦《あきら》めの気持ちのほうが優っているようだった。

「原子力規制庁の情報漏洩には驚きましたが、まぁ世の中はそんなものかとも思います。もう原子力の話題にはうんざりです」（五〇代男性）

「もう原発の話はこりごりです。もっと、新しくできたショッピングセンターの話とか、流行のダイエット法とか、楽しくて世の中が明るくなるような話題を紹介してください」(四〇代女性)

それぞれの報道各社が設ける視聴者の「ご意見欄」に届けられた声を見ても、それは裏付けられているように見えた。

第一四章　エネルギー基本計画の罠

（35）

永田町は師走《しわす》が近づくと段々と慌ただしくなる。

例年、永田町では、秋に数ヵ月の臨時国会が召集されるが、その長さは、時の政権の力や政治状況によって異なる。

直近の選挙で敗北していたり、大きなスキャンダルが火を噴《ふ》いたりして政権基盤が弱体化している場合には、臨時国会をできるだけ短く済まそうとする。野党に攻撃の機会を与えないようにするためだ。そうして会期は短く設定したうえで、内閣改造や大規模補正予算などで、政権を浮揚させるよう努力する。

他方、今回の保守党政権のように、二度の国政選挙に連続して勝利し政権基盤が固まった場合には、二つのパターンがありうる。

一つ目のパターンは、政権の力を誇示するように、九月初めから一二月上旬という長さで臨時国会の会期を設定するケースだ。この場合は、臨時国会に続く年明けの通常国会も延長となったりすれば、事実上一年中、国会を開くような状況となる。歴代の総理のなかで、政権基盤が固まり、かつ、総理の気力体力が充実し、与党内での求心力が高まっている場合は、こうしたパターンを採ることが多かった。

保守党のなかでは、来る臨時国会を「ねじれ解消・滞貨一掃国会」と銘打って、民自党政権時代に国政が混乱して法案成立が滞ったことを挽回するための臨時国会と位置付けるべきだという声が高まった。そして、衆参ねじれの解消を背景に、法案を機械的に次々と処理していくべきだ、との意見も、岩崎道夫幹事長を中心に主張されていた。

しかし、官邸はもう一つのパターンを選択した。内閣改造を九月末に行ったうえで、臨時国会は一〇月一五日から二ヵ月弱の会期で召集されることになったのだ。

この八ヵ月で国政選挙が衆参と続いて二回あったので、少しはのんびりしたいというのが多くの議員の本音であった。こうした国会議員の本音を忖度《そんたく》した、という理由のほかに、実は総理の健康問題への不安という理由もあったが、それは厳格な箝口令《かんこうれい》の下に置かれた。

臨時国会に加えて、一一月下旬になると保守党の税制調査会も始まる。

保守党は長年、租税特別措置法によって、古い産業界の既得権を税制の活用という手段で擁護してきた。毎年、政府税調で、「優遇税制は原則廃止」といった厳しめの議論をさせて、産業界に対し「租税特別措置の恩典がなくなるかもしれない」と脅す。その後に続く保守党税調で、ギャラリーを前に、族議員が既得権の優遇税制の堅持を訴えて、政治的にそれを勝ち取り、産業界に恩を売る。そういう一種の政治ショーだった。

さらに、年末にかけては予算の獲得が政治家にとっては重要な仕事である。

農協、ゼネコン、医師会といった、既得権益を持った業界団体の組織力をフル稼働して二度の国政選挙に勝利した保守党としては、予算を付けるという形で恩返しをすることになった。今世紀に入って、「構造改革」やら「コンクリートから人へ」といったスローガンで痛めつけられてきた既得権側の業界からすれば、それは恵みの雨であり、福音であった。

税制や予算を巡る狂想曲が佳境《かきょう》に入る最中、一一月最終週の火曜日朝八時、保守党本部七階の七〇一号室で、保守党の経済産業部会と資源・エネルギー戦略調査会の合同会議が開かれた。

平場、すなわち一般の議員の席、それと向き合う形で設けられた最前列の席、いわゆる「ひな壇」の中心に、当選五回の経済産業部会長の木原英治《きはらえいじ》と、商工族のドン、資源・エネルギー戦略調査会長の赤沢浩一が座った。

形式的には、経済産業部会が保守党の正式なラインの意思決定機関であるが、まだ大臣経験もない部会長の木原は司会進行役に過ぎず、部会長の隣に座る赤沢が意思決定の実質的責任者であった。

本日の議題は、広報上は、「エネルギー基本計画および電気事業小売り自由化を巡る自由討議」と記されていた。説明者として、資源エネルギー庁長官と次長の日村直史がメイン・テーブルの端に並んでの着席を許された。

「本日は、お忙しいなかお集まりいただき、どうもありがとうございます。ただいまから経済産業部会と資源・エネルギー戦略調査会の合同会議を開催します。本日の議題は、エネルギー基本計画および電気事業小売り自由化を巡る自由討議、であります。説明者は、資源エネルギー庁長官です。では、まず長官からお願いしますっ」

木原部会長が口火を切った。

通常の法案は、閣議決定の直前まで、内容が保守党の部会に諮《はか》られることはないが、エネルギー基本計画も電力小売り自由化も大きな話なので、赤沢のイニシアティブで、特別に、このような機会が設けられた。それだけ電力会社と経済産業省・資源エネルギー庁との距離感が大きい、ということでもあった。

「それでは、エネルギー基本計画と電気事業小売り自由化についての私どもの考え方についてご説明いたします」

と、資源エネルギー庁長官が説明を始めた。

エネルギー基本計画は、もともと十数年前までは長期エネルギー需給見通しと呼ばれており、通商産業省資源エネルギー庁に置かれた総合資源エネルギー調査会という名の審議会において、人口推計などと同様に、科学的見地から策定されていた。

しかし、スリーマイル島やチェルノブイリの原発事故、国内でも美浜原発の蒸気発生器細管のギロチン破断事故などを経て、原子力発電所の立地が進まなくなってきたことに焦《あせ》りを覚えた原子力ムラが、保守党の赤沢や民自党の組合系議員に陳情し、二〇〇二年に議員立法でエネルギー政策基本法を成立させた。

この法律では、従来の審議会での科学的な「長期エネルギー需給見通し」を、計画経済的な「エネルギー基本計画」に改称し、経済産業大臣がエネルギー基本計画を閣議決定し、国会に報告する義務を規定した。これにより、エネルギー行政は、マーケットメカニズムと科学的分析が律する世界から、「二〇三〇年までに原発を少なくとも一四基以上新増設する」という毛沢東《もうたくとう》の大躍進政策級の国家計画に転換されてしまった。

原子力ムラからの献金やパーティー券購入につられ、「政治主導」という美名の下で、国会議員からの圧力が行政の科学的客観性を歪《ゆが》めてしまった好例である。

資源エネルギー庁長官は、こう熱弁をふるう。

「我が国がフクシマの事故を起こしたからといって、地球温暖化防止の国際的な責任が軽減されるわけではありません。したがって、石炭、石油、天然ガス、そしてシェールガスも含めた化石燃料への依存度は、二〇二〇年までに温室効果ガスの対一九九〇年比二五パーセント削減という民自党内閣時代の目標をどのように設定し直すか次第ではありますが、いずれにせよ、かなりの程度低減させていかざるをえません。

仮に、保守党政権が政権交代前に設定した一五パーセント削減ということであれば、徹底した省エネルギーを前提として、残りを原子力、または太陽光や風力等の再生可能エネルギーで補うこととなります」

温室効果ガスの削減を所与の条件とすれば、省エネか、温室効果ガスを排出しない原子力か、再生可能エネルギーか、との三者択一となる。ここで再生可能エネルギーは不安定で当てにならない、という判断を加えて選択肢から除外するならば、一九九〇年代以降、温室効果ガスを理由に原発を推進したロジックとまったく同一になる。

既に参院選前から、政権は、国民の根強い原子力に対する反発に配慮し、将来の原子力の比率を改正エネルギー基本計画には明示することは難しい、という見解を示していた。明示しないということは、アンチ原発派に対しては原発ゼロの可能性もゼロではないと言いうるし、原発推進派に対しては原発大増設の可能性があると言いうる、ということだ。相手に応じていかようにでも言い逃れできる計画にする、ということ……。

「私どもといたしましては、電気事業の小売りの自由化を通じまして、国民の皆様が電源を選択する自由を確保することにより、再生可能エネルギーの普及が国民の希望であるのであれば、それを実現できる環境を整備いたします」

そう資源エネルギー庁長官は続ける。

一見、国民の希望を叶えるというもっともな政策のように聞こえる。しかし、これには裏がある。

小売りの自由化で、再生可能エネルギーを売る小売事業者の電気の供給が不安定で高価格であれば、再生可能エネルギーを選択しない国民が大多数となる。その場合には、次のステップとして、「再生可能エネルギーを多くの国民は選択しませんでした。その結果、原発の増設が必要になりました」という政策に持っていけることになる。

説明が終わるや否や、間髪を入れずに、保守党のなかではやや異色の、原子力に懐疑的なことで著名な山野《やまの》一郎《いちろう》議員が手を挙げた。テレビなどで国民的には人気があり、選挙も滅法強いが、党内では一匹狼である。

「電力の小売りの自由化はたいへん結構なことだと思います。が、電力の小売りの自由化を実現した場合に、現在講じている再生可能エネルギーの固定価格買取制度はどうなるのでしょうか？固定価格買取制度のおかげで、わが国でも続々とメガソーラーや風力発電所が建設されていま す。発送電分離がなされるまでは、現在の電力会社は固定価格買取制度を続けることを、この場で約束してください」

会議室が静まり返った。

「……資源エネルギー庁、何かありますか？」

部会長が促す。

長官は顔を紅潮させたまま口を開こうとしない。もっとも痛い点を突かれたのだ。小売りの自由化の裏で、固定価格買取制度は廃止して、再生可能エネルギーの普及に逆艪《さかろ》を付けるつもりだったからだ。インテリはロジックに強いからこそ、ロジックで攻められると弱い。

長官に一言小声で断ったうえで、おもむろに日村が手を挙げた。

「じゃ、日村次長から」

部会長が日村を指名した。

「……再生可能エネルギーの普及にも最大限、政策資源を投入することは、この基本計画の改正案にも規定されております。ただ現行の固定価格買取制度は、電力会社の地域独占を前提にしたものでありますので、電力システム改革を行っていくなかで、新しい電気事業法制の在り方に即して、必要な見直しを行っていくものと考えております」

日村はこう述べ、赤沢の顔に一瞬目を向けてから着席した。赤沢の表情に変化はなかったので、日村は安堵した。

「今の資源エネルギー庁の説明は、結局、今後決める、今は決めない、という先送りでありますっ」

山野は反論する。

「それでいいだろっ！」

フロアーの陣笠議員から野次が飛んだ。

山野が続けた。

「それでは、結局、フクシマ以前の状態と変わらなくなるのではないでしょうか？　原子力の核のゴミの処理費用は税や補助金で優遇して人為的に安く設定して、再生可能エネルギーその他の電源に原子力の廃炉や放射性廃棄物処理のコストまで上乗せして、託送料金を高く設定する……こういうことを、まずもって資源エネルギー庁には改めていただきたい。

化石エネルギーには温室効果ガスが、原子力エネルギーには放射性廃棄物が、それぞれ必然的に発生するわけでありますから、どちらも望ましい電源であるはずがありません。フクシマ後のエネルギー政策は、省エネか再生可能エネルギーかの二者択一とするべきであります！」

山野は臆せず発言する。

「経済はどうなるんだ！　産業の空洞化を招くぞ！」

「我慢か、高い電気料金か、そのどちらかを強制することになるんだぞっ」

野次《やじ》が相次いだ。しかし、山野は怯《ひる》まない。

「原発がコスト的には割高の電源と正直に認めなければ、結局、核のゴミの処理を将来に付け回すことになるのであります。この構図は、地球温暖化とまったく同じであります！」

場が静まり返った。反論しがたい正論だ。

山野は有名な政治家一族の三世議員である。政治家の世襲はマスコミからは批判されることが多いが、選挙やカネに気を遣いすぎることなく勉強し、正論を主張できるという意味では、地盤と看板を引き継ぐ世襲は、むしろ長所にもなる。

少し間を置いて、赤沢がおもむろに立ち上がった。場内の視線が赤沢に集中した。

「山野先生のおっしゃることは、まったくもって正論であります」

赤沢は満座の議員たちを見回した。

「……私どもも皆、放射性廃棄物を出す原子力発電所が、今のままでいいとは思っていません」

場内がざわつき始めた。

「再生可能エネルギーの普及に最大限政策資源を投入していくということは、先ほどの資源エネルギー庁の説明にもありました。その点は、ここにいる全員のご同意がいただけるのであろうかと存じます。

他方、我々は、長期的な視点でエネルギー問題を考えていく必要があるわけです。再生可能エネルギーの普及だけに賭けるという一本足で本当にいいのか？　それは博打《ばくち》ではないか？　原子力だって、技術開発が進めば、放射性廃棄物を無害化する核種転換や、放射性廃棄物の半減期を縮小する技術も進むことでありましょう」

今度は山野が立ち上がった。

「そんな技術が進む確証は、どこにあるんでしょうか？　現代の錬金術のような話ではないでしょうかっ」

赤沢は慌《あわ》てない。

「……いや、山野先生、落ち着いて。私の話が終わるまで聞いてください。山野先生の議論を、私は正論だと認めているんですよ」

山野が椅子に腰を下ろした。赤沢が続ける。

「……ただ、放射性廃棄物と温室効果ガスとでは、決定的に違う点が一つある。何かわかりますか、山野先生」

山野は押し黙った。赤沢は語気を強める。

「それはっ、国際的枠組みであります！　地球温暖化は京都議定書以降、温室効果ガスを削減しようという国際的な約束ができ、その次の枠組みも各国が誠意をもって交渉中であります。いわば世界共通の課題であります。

それに対し、原子力発電はどうか？　原子力発電は、欧州の一部の国が脱原発を決めているとはいえ、アジアをはじめとした途上国では、むしろドンドン推進していこうという国が多いんですね。この場にいらっしゃる先生方には釈迦《しゃか》に説法ですが、国際的には原発推進が全体的な気運であります。原子力ルネッサンスと言われる時代でもあります。

そういうなかで、我が国だけが、将来世代の負担を考えよ、などといったキレイごとを述べて脱原発に舵《かじ》を切ったのでは、我が国の産業は国際競争に負けてしまう。違いますか？」

「そうだ！」

「その通りっ」

合いの手が入る。

「……ですから、仮に将来的に脱原発の国際合意ができるような事態が発生したら、山野先生のおっしゃるような省エネと再生可能エネルギーの二者択一のエネルギー基本計画にすればいい。しかし、そういう事態にならないのに、この世界的な原子力ルネッサンスの時代に、日本だけが脱原発と叫んで、素っ裸になってフリチンで外を走るようなエネルギー基本計画は、断じて認めるわけにはいかないのでありますっ！」

赤沢はこう、気勢を揚《あ》げた。

場内が大きな拍手に包まれた。

原子力ルネッサンス、というのは、将来、世界的に原子力発電が拡大していく、というパーセプションを広めるための原子力ムラによるキャンペーンの標語である。チェルノブイリ原発事故以降、五年に一度くらい、手を替え品を替え、原子力ムラは、全世界でキャンペーンを張ってきた。

「国内ではなかなか原発が建たないけれども、世界では原発がドンドン建ちますから、原子力産業の未来は明るいんです」という業界の自己暗示だった。

敵を欺《あざむ》くにはまず味方を欺け、ということだ。

原子力業界を継続的にウォッチしていれば、業界が、常に明るい見通しを、素人相手に示すことが習い性であることに気がつく。そうしなければ、人材も、研究資金も、投資資金も回ってこない。原子力ムラ以外の素人の政治家や官僚、そして経験と勉強の浅い記者たちは、素直にこうしたキャンペーンの標語をそのまま飲み込んでしまう。

しかし、現実の数字を見れば、世界の原発の設備容量は、スリーマイル島原発の事故前に想定されていた一〇億キロワットには遠く及ばず、一九九〇年代以降は四億キロワットにも満たずに、ほぼ横ばいの状態が続いている。アジアでいくつか原発の立地が進んでいるが、欧州では廃炉が進んでいるからだ。

(36)

私設秘書の通行証で合同会議に入室していた日本電力連盟の職員が、必死に議事メモを取っている。議員の私設秘書に対する国会への通行証の発行は、極めて甘い。私設秘書は資格要件もないので、議員の希望次第で何枚も発行できるのである。

日本電力連盟は、気脈を通じた議員から何枚も私設秘書としての通行証を横流ししてもらっており、永田町のどこに日本電力連盟の職員が潜んでいるかわからない。

この議事メモは、やがて議員に対する政治献金やパーティー券購入の査定の材料となる。そのためか、次々と若手議員が発言する……。

「赤沢先生のお話には、たいへん感銘を受けました。やはり国の指導者は、理想論に溺《おぼ》れることなく、冷徹なリアリストにならなくてはなりません。途上国を含め世界中で産業の競争が激化しているなか、電力の小売り自由化も結構なことではありますが、自由化によって原発の推進にマイナスがないよう、資源エネルギー庁には十分配慮していただきたい」

「フクシマの事故で日本の原子力産業のイメージが国際的に悪くなっていることを非常に危惧《きぐ》しています。韓国勢やフランス勢に勝つためには、事故前以上に政府が本腰を入れて、総理以下全閣僚がセールスに力を入れていただきたい」

「私は、大学の原子力工学科の入学希望者数の低迷が気になります。再生可能エネルギーに頼れない以上は、原発に頼らざるを得ない。原発の安全性のためにも、良質な人材が供給されることは絶対的に重要であります。一つ思い切って、原子力工学科に文科省の大学予算をドンと付けていただいて、原子力工学科に入れば教育環境や研究環境がバラ色だ、って具合になるようにお願いしますよ」

「発送電分離は将来の話だと思いますけどね、一つ注文しておきます。原子力は安全性が第一なんだから、やはり競争にはなじまない、と思いますよ。送配電と原子力発電を電力の重要インフラとして一体的に、これはやはり現在の地域の電力会社にお委《ゆだ》ねして、火力や再生可能エネルギーは思いっきり競争して効率化を進めていただく……こういうバランスが大切だと思いますよ。

これも、また、一つの選択肢として視野に入れていただく、ということを当局にお約束いただかないと、このエネルギー基本計画と電力小売り自由化の報告は、お認めするわけにはいきません」

同じ時間帯に国土交通部会や農林部会、水産部会も開催されている。保守党では各部会のメンバーは固定化されておらず、議員はどの部会に顔を出してもよい。既得権益にアピールすることができる大事な商売の書き入れ時に、国土交通部会や農林部会、水産部会を欠席して、わざわざ経済産業部会に顔を出して、時間を費やしているのである。

——その労力に見合った対価を得ようと、若手議員は必死だった。

電力会社の既得権を擁護し、電力システム改革を少しでも後退させ、フクシマの事故の前にすべてを復元させる——こうした姿を標榜するかのような発言が怒濤《どとう》のように続く。

この場での様子がマスコミにオープンになっていれば、国民の目を気にして、ある程度の抑制が働くのだが、国民の監視から離れた密室の議論なので、そういう箍《たが》が外れているのだ。

各常任委員会の理事会が開催される九時五〇分近くまで、延々とサンドバッグのように資源エネルギー庁にパンチが打ち込まれた。行政の側には反論は認められていないので、対等で建設的な議論とはならない。日本電力連盟常務理事の小島巌が若手議員に仕込んでいた弾薬は、すべて着火し炸裂《さくれつ》した。

こうしたやりとりも、すべて計算の範囲内である日村にとっては、この合同会議は通過儀礼だった。しかし、政治的にこなれていない秀才タイプの長官や随行している若手課長補佐からすると、この会は、未開の地での野蛮人による公開処刑のように感じられた。

最後に、保守党経済産業部会長の木原が締め括《くく》りの挨拶に立った。

「本日は、エネルギー基本計画と電気事業小売り自由化に関する資源エネルギー庁の説明に対し、部会の先生方に自由にご議論いただきました。傾聴すべきご意見を多数いただき、本当に感謝申し上げます。

今日の皆様方のご議論を形に残して、政府における今後の法案化の作業が道を外れたものとならないように、一つ、ここは経済産業部会と資源・エネルギー戦略調査会との合同部会の緊急提言ということでまとめて、予算が固まる前に、経産大臣に、党の見解をキチンとお伝えしておきたいと思います」

「よし！」と、若手から合いの手が入る。

「緊急提言の内容については、私と赤沢調査会長とにご一任いただきたいと思いますが、よろしいでしょうか？　よろしければ拍手でご承認ください」

場内が拍手で包まれるなか、木原部会長がこう締め括った。

「ご承認いただきありがとうございました。緊急提言を経済産業大臣にお伝えした結果は、また、次の部会で私から報告させていただきます。合同会議は、これにて終了させていただきます。本日はありがとうございました」

翌朝、木原部会長の議員会館の部屋から、資源エネルギー庁にＦＡＸが送られてきた。日本電力連盟が素案を書き、それを木原部会長が赤沢調査会長の了解を得たうえで送付したものと容易に想像できた。

〈資源エネルギー庁長官　殿

平素からお世話になっております。別紙の通り、緊急提言をとりまとめましたので、ご送付申し上げます。

資源エネルギー庁におかれましては、年末のお忙しいなか恐縮ですが、来月前半に大臣の面会をセットしていただけますようお願い申し上げます。

経済産業部会長　木原　英治

（別紙）

緊急提言

保守党経済産業部会

資源・エネルギー戦略調査会

経済産業大臣におかれては、エネルギー基本計画の国会報告および電気事業法改正案の国会提出にあたり、左の諸点に十二分に配慮し遺漏なき措置を講じるよう、緊急提言する。

一　我が国産業の国際競争力を維持し更なる空洞化を防ぐため、電気の低廉かつ安定的な供給を実現できるよう、原子力発電所の安全性確保を前提とした早期再稼働に全力を尽くすこと。

二　電力の小売り自由化が、原子力発電や核燃料サイクルの推進の妨げとならないよう、制度設計を行うこと。

三　原子力発電や核燃料サイクルが市場競争にさらされて安全性に支障を来《きた》すことのないよう、発送電分離は慎重に検討すること。

四　原子力発電所の長期間の運転停止で経済的に低迷している立地地域に来年度予算で抜本的な経済振興策を講じること。

五　原発等のインフラ輸出で我が国経済を振興するため、民間まかせにせず、政府が本腰を入れてトップセールスに取り組むこと。

六　原発の安全性に長期的な悪影響を与えることのないように、国公立、私立を問わず、大学の原子力工学科の魅力向上のための助成を来年度予算で措置すること。

七　国民の原子力に対する拒否反応の克服に今後取り組むことにより、次々期エネルギー基本計画の改定では、将来的な原子力の導入目標を明記し、我が国原子力産業の成長発展を政府としても期すること。

八　再生可能エネルギーの固定価格買取制度は、電力市場を歪める措置であるため、小売り自由化を待たずに、速やかに買い取り価格の引き下げ又は廃止を行うこと。

以上〉

立法府による行政府への民主的統制のメカニズムが働いている、といえば聞こえはいいが、その内実は、こうした既得権益側が国会議員を使って行政に圧力をかけ、法制度や事業の内容を我田引水に変質させることに他ならない。

国の政治は、その国民の民度を超えられない。こうしたことが当たり前のように行われていることを許している国民の民度は、その程度のものなのである。

第一五章　デモ崩し

（37）

一二月四日水曜日夕方、研究財団のオフィスにいる玉川京子の携帯が鳴った。デモ主催者からの電話だった。

「今、麴町《こうじまち》警察署で打ち合わせをしているんだけど、今週金曜日は、外国から要人が来るから、デモは許可できない、と言って、申請書を受理してくれないんだ。どうしたらいい？」

「要人って？　誰？」と、玉川は聞き返す。

「それがまた、外交機密だとか言って教えてくれないんだ……」

これまで二年以上続いてきた官邸前の脱原発デモだが、今まで申請書が受理されないなどということは一度もなかった。

胸騒ぎがした……しかし、努めて冷静な口調で語る。

「海土弁護士の携帯に連絡とってみなよ。東京都の公安条例では、確か『公共の安寧《あんねい》を保持する上に直接危険を及ぼすと明らかに認められる場合の外は、これを許可しなければならない』となっていたはずだよ。許可しなければならない、って書いてあるんだから安心して。

デモが外国要人に直接危険を及ぼすわけではないでしょ？　海土弁護士に麴町署に電話しても

らうか、直接乗り込んでもらうかしかないわ」

デモ主催者の熱意を低下させてはならない。

海士義之《かいどよしゆき》弁護士は、原発の差し止め請求の原告の代理人として長年活躍し、フクシマの原発事故以降は、脱原発運動の法律的なご意見番となっている存在だ。

結局、海士弁護士が麴町警察署に出向き、デモ前日の木曜日の午後六時になって条例上のデモの許可は下りたが、次の条件がついた。

〈一　官公庁の事務の妨害防止に関する事項
外交上の理由から七〇デシベル以上の音声を出してはならない。遵守《じゅんしゅ》しない場合は、当該許可は取り消されるものとする〉

これでデモを巡る警察とのトラブルは、いったん収束したと思われた……。

この一〜二週間は、デモ参加者の自宅周辺の警察の聞き込みに加え、デモ参加者が帰路に、私服警官に狙い撃ちされる例が相次いでいた。

自転車の無灯火を理由に道交法違反で現行犯逮捕、立ち小便を理由に軽犯罪法違反で現行犯逮捕……そのたびに、海士弁護士とその仲間の弁護士が接見に訪れ、保釈の請求をしていた。

一二月六日金曜日のデモ当日は、いつものように、銅鑼や太鼓やタンバリンを鳴らす人々や、プラカードを掲げた人々で、国会議事堂前駅周辺には人があふれていた。一時よりずいぶん人数が減ったとはいえ、まだかろうじて三〇〇人ぐらいの規模を保っていた。

デモ主催者は、

「本日のデモは、外交上の理由から、当局から七〇デシベル以上の音声は発しないことを条件に許可されております。銅鑼、太鼓、拡声器、マイク、楽器などの使用は一切お控えください」

という内容を、フェイスブックやツイッターで繰り返し拡散させていた。

しかし、毎週金曜夜に習い性のように官邸前に駆けつける人々の多くは、そうした告知に気付いてはいなかった。フェイスブックやツイッターの告知を見た人々も、おとなしく当局に従うよりも、むしろ過激に反応した。

「外交上の理由って、何よ!?」

「キター！　参院選後の脱原発デモ弾圧。予想はしてたけどよ」

「憲法二一条の表現の自由を侵害。裁判で訴えたら勝てるぞ！」

「従う必要なーし！　いつも通りやりましょう」

官邸周辺の道路には、オーストラリアの国旗と日の丸がはためいていた。今日はいつものデモの警備態勢に加えて、鈍い灰青色と白色からなるツートンカラーの機動隊の大型車両が何台も厳《いか》めしく沿道に並んでいた。

白バイとパトカーが先導して、オーストラリアの国旗を掲げた黒塗りの車が群衆の前を通った。白バイのエンジン音が野太く路面を震動させていた。

群衆の誰かが叫んだ。

「オーストラリアの首相だ！」

別の誰かも叫ぶ。

「ＴＰＰだ！」

オーストラリアは、ＴＰＰ交渉国のなかでは、アメリカに次ぐ農業輸出国だ。脱原発デモの参加者の多くは、ＴＰＰにも反発していた。

「ＴＰＰの交渉に来たんだ！」

「日本の農業を守れ！」

「ＴＰＰのために原発推進かよ!?」

「コメが放射能で汚染されても、オーストラリアから輸入すればいいんかよっ」

「おいしくて安全な日本のコメが食いたいんだよー、農家を守れ！」

群衆が口々に叫んだ。

オーストラリアの首相を乗せた黒塗りの車は、国会議事堂を右手に見ながら、そのまま直進して官邸に吸い込まれていく。群衆の叫びは、その車を追いかけるように大きくなった。

「ＴＰＰやめろ！」

「原発やめろ！」

「農業まもれ！」

「安全まもれ！」

銅鑼と太鼓が鳴り始めた。

「やめてくださいっ、銅鑼や太鼓は鳴らさないでください！」

主催者が呼びかけて回るが、銅鑼や太鼓の音は、むしろ大きくなっていく……。

参議院議員の山下次郎にマイクが渡った。

「みんな、経済界はオーストラリアに自動車を売ろうとしています。確かに自動車が売れれば企業は儲かります。けれど、そこで犠牲にされるのが食品の安全基準です。今だって、食品の放射能汚染の基準は、低レベル放射性廃棄物と同じ一キロあたり一〇〇ベクレルなんです。これがTPPに入れば、農薬の基準だって添加物の基準だって、穀物メジャーの言いなりになるんです。TPPに合わせていくらでも引き下げられてしまうんですっ」

いいかげんにしろー、TPP絶対反対、との声が矢継ぎ早に挙がる。

「原発もそう、TPPもそう。産業界の利益のために国民の安全性が犠牲にされているんです。これがこの国の指導者がしようとしていることなんです」

ウォーッ!!　と歓声が上がり、太陽が沈んだ後の暗闇を揺らした。

(38)

官邸内では、オーストラリア首相を迎え、日豪首脳会談が始まった。

「ようこそ日本にお越しくださいました。心から歓迎いたします」

総理が通訳を介して話し始めた。

就任一年に満たない総理にとって、初めての日豪首脳会談である。オーストラリア首相とは初対面ということもあり、また、オーストラリアはＴＰＰの有力な交渉相手国ということもあり、総理の顔つきには緊張感が漂っていた。

気密性の高い官邸のなかにも、「ドン、ドン、ドン、ドン、ドン」と、銅鑼や太鼓の音や群衆の声がこだましていた。

オーストラリア首相が返礼の辞を述べたあと、

「ところで、外はずいぶん騒々しいですが、何を主張しているのですか？」

と、無邪気に尋ねてきた。

「……ああ、原子力発電所の再稼働に反対する人たちの集団のデモです。お気に障《さわ》ったら申し訳ありません。もう少しで静かになりますから」

総理は苦々しい顔つきで答える。そして、警察庁出身の総理秘書官に顔を向けた。

群衆を静かにさせろ——それが総理の命令だと総理秘書官は受け取り、飛び上がるようにして部屋を退出した。

「いや、いいんですよ、お気になさらずに。どの国でも、いろんな国内問題がありますから」

鷹揚《おうよう》にオーストラリア首相は言う。

「もっとも、日本が原子力発電をやめて、豪州産の石炭で火力発電をしていただけるのであれば、私どもは歓迎しますが」

と、皆の笑いを誘う。

その場が一気に和《なご》んだ。つられて笑った総理の顔は、直前に秘書官に見せた顔とはまったく別物だった。

総理秘書官から警察庁経由で連絡を受けた警視庁は、直ちにデモ周辺に配備されている警官に指示を出した。

「デモの音声が七〇デシベルを超えている場合は、公安委員会の許可は取り消される。その場合、東京都の集会、集団行進及び集団示威運動に関する条例第五条に基づき、主催者、指導者、または煽動《せんどう》者を現行犯逮捕せよ！」

前線の警官の背後に控えていた機動隊が一斉に群衆を取り囲んだ。

まず真っ先に、先頭にいた山下次郎参議院議員が拘束された。

国会議員の不逮捕特権は日本国憲法第五〇条に規定され、国会議員は国会の許諾がなければ逮捕されないことが知られているが、「法律の定める場合を除いては」との留保が付されている。そして、国会法第三三条では、「各議院の議員は、院外における現行犯罪の場合を除いては、会期中その院の許諾がなければ逮捕されない」と定められている。すなわち、現行犯逮捕であれば可能なのだ。前線の機動隊にはそうした法も周知、教育されていた。

脱原発デモの参加者は、もともと機動隊と闘い慣れているような過激派とは訳が違う。さして抵抗することもなく、目立った者から次々と現行犯逮捕され、機動隊の車両に連行されていった。特にビデオカメラでデモの様子を撮影しネット中継をしている参加者は、一人ひとり確実に機動隊に捕捉され、そのまま拘束された。

後方の群衆には、デモの先頭で何が起きているか見えない。しかし、次々と先頭から順番に、目立った活動をしている者が、機動隊によって取り押さえられていった。前方の異変に気が付いた参加者は、そのまま東京メトロ国会議事堂前駅の構内に逃げ込んだり、群衆の後方へと走り去って、東京メトロ霞ケ関駅や桜田門駅の構内に逃げていった。

警棒を掲げた機動隊員が、ものすごい勢いで逃走者を追った。

静かにプラカードを持っていたような残りの参加者は、機動隊による逮捕劇を目の当《まあ》たりにした恐怖から、言葉少なに後ずさりし、そのままジリジリと退散していった。

……総理の苦々しい表情から三〇分経過したところで、官邸周辺はすっかり普段の平日と同じ平穏な景色となった。デモ参加のため、遅れて国会議事堂前駅に降り立った人々は、出口が封鎖され、地上に出ることが許されなかった。

結局、七九名が現行犯逮捕された。

一時間の日豪首脳会談の終了間際に、豪首相が再びデモに言及した。

「すっかり、外は静かになったようですね。日本の群衆はデモにおいてですら誠に礼儀正しく、整然としていますね。ちゃんと決められた時間に終了したのですね。豪州の群衆とはえらい違いです」

本当は、デモはあと一時間続く予定だったのだが、総理はにこやかに受け流す。

「ええ、ありがとうございます。日本のことをお褒《ほ》めいただき光栄です」

そして、こう続けた。

「私たちは、オーストラリアからウランも輸入しております。原子力発電は、安定電源の一つとして、石炭火力とともに続けていきたいと考えております。石炭もウランもオーストラリアからの安定供給をよろしくお願いいたします」

日本国という国家を愛する総理にとっては、デモが鎮静化したことは、国民の礼儀正しさということよりも、日本国の国家権力の優秀さの証明である。そう、誇らしく感じていた。


SNSでは官邸前の脱原発デモで逮捕者が多数出たことが拡散されていたが、深夜のニュース番組では、オーストラリアの首相の来日のニュースと併せて、官邸前で機動隊と一部の群衆とに小競り合いがあったこと、そして山下次郎参議院議員を含めた複数の参加者が現行犯逮捕されたことが簡単に言及されただけだった。大手マスコミは相変わらず、デモには冷淡だった。

「まっ、デモで自分たちの主張を表現することも非常に大事ですが、外交も大事です。何ごともバランスをとることが必要ですよね」

と、テレビでは、キャスターが訳知り顔で締めくくっていた。

もともと局アナだったこの男が独立し、視聴率一位の報道番組の人気キャスターに上り詰めたのは、世の中の流れを誰よりも早く察知し、それに適応する能力のなせる業《わざ》であった。二度にわたる国政選挙での保守党の勝利、そして、資源エネルギー庁次長の日村や日本電力連盟常務理事の小島の暗躍の断片を現場の記者から伝え聞いて、この国の原子力政策の行く末を彼なりに見切ったということかもしれない。

テレビ局から独立してプロダクションをつくり、そのプロダクションの社員たちを食わせていかなければならない彼の立場からすれば、守るべきものは、正論よりも、彼の家族やプロダクションの社員だった。


さらに、その夜、午前三時。不夜城といわれる霞が関でも、建物の大半で部屋の電灯が消え、客待ちのタクシーの列も短くなる時間だった。霞が関の建物から発散される熱気と音声がようやく沈静化していた。

経済産業省の職員も気が付かないうちに、機動隊の大型車両と投光車が経済産業省の角地にある脱原発テントの前に、そっと横付けされた。脱原発テント内の参加者は、直前の逮捕劇について遅くまで興奮して話し合ったあと、すっかり眠りこけていたため、誰も二台の停車に気が付くことはなかった。

十数名の機動隊員がパラパラと車両から降り立った。先頭の一名が拡声器を口に当てた。

「国有財産である経済産業省の敷地内に不法に滞在する者へ退去を命じる！　直ちに退去せざる者は刑法第一三〇条の不退去罪の現行犯として逮捕する！」

目をこすりながら、数人がテントから出てきた瞬間に、投光車がテントを煌々《こうこう》と照らした。その瞬間、経済産業省脱原発テント前の一帯だけが、昼間のような明るさになった。びっくりしてテント内に参加者が戻った瞬間に、機動隊員がテントに突入した。

参加者は次々と拘束され、機動隊の車両に連行されていった。私物を持ちだす暇もなく、着の身着のままで、八名の男女が連行された。

一年以上前から、経済産業省大臣官房情報システム厚生課長の名前で、脱原発テント参加者に退去を要請していたので、参加者の間では強制撤去の実力行使がいつかはあるのではないか、とささやかれていた。しかし、経済産業大臣名で立ち退きを求める民事訴訟を東京地裁に提起してからは、「経済産業省は強制撤去を断念した」という臆測と安堵《あんど》が脱原発活動家のあいだでは広がっていた。

民事訴訟の提起は完全にフェイントだった。民事ではなく刑事による実力行使で、経済産業省前の広場は、翌朝にはキレイに更地《さらち》となり、幾重にも鉄条網が張り巡らされた。

「経産省大掃除完了なう」と、鉄条網で張り巡らされた更地のスペースが、匿名のツイッターアカウントにアップされた。

それはあたかも、経済産業省自身が、脱原発を求める世論に対して、ハリネズミのように針を逆立《さかだ》てているかのようであった……。

第一六章　知事逮捕

（39）

新崎県知事の伊豆田清彦の一日は、早朝六時からの散歩に始まる。

師走《しわす》も半ばとなり、朝霜が降りすっかり冷え込んだ今朝も、午前六時に知事公邸の玄関口に立った。いつもなら清々《すがすが》しい朝の空気を吸って全身にやる気がみなぎってくるのだが、今日は体に力が入らない。おまけに、締め付けられるような圧迫感を伴う痛みを胸に感じた。

昨夜はなかなか寝付けなかった。伊豆田自身にやましいことは何もない。その点については絶対の自信があるのだが、昨日、義父の増田《ますだ》が逮捕されたことは想定外だった。夜遅くまで、伊豆田の妻は、何度も何度も泣きながら、父親の逮捕を詫びた。

義父からのベンツ贈与に関する「週刊文秋」の報道から、伊豆田に対する風向きは一変していた。県民支持率も、八割を超える全国一の数字から、一気に二割台へと急落していた。

伊豆田の妻とて、自分の父親の逮捕について何か事実を知っているわけではない。ただ妻にとっては、自分の父親との関係で伊豆田が多大な不利益を被っている、この事実だけで泣きながら詫《わ》びるのには十分だった。

泣いて詫びる妻の姿を見るのは伊豆田も辛かった。妻は「おねだり妻」といったタイプではない。むしろ業者がつけ入ろうと近づくのに対しては、伊豆田から見ても潔癖と思えるくらいに一線を画して振る舞ってきた。

ただ、実家との関係は別だ。東京出身の彼女にとって、夫の当選とともに「知事夫人」として見知らぬ土地に来て、周りに知り合いもおらず心細いなか、経済的に裕福な実家からの心配りは嬉しかった。娘を心配した父親が自動車一台を買ってやるくらい、そう社会常識に反するとも思えない。

そういう事実をあげつらわれること自体、伊豆田がマスコミの標的となったことの証左であり、その意味では、彼女自身も被害者なのだった。


伊豆田は毎朝、公邸近くの川沿いの道を二キロほど上流に向かって歩く。そこに架かっている橋の上から朝日を拝《おが》むのが日課だ。

早足で汗ばむくらいのペースで橋にたどり着き、空を仰《あお》ぎ見た。吐く息は白く、東の空に昇る朝日がやけに大きく滲《にじ》んで見える。

みぞおちの辺りに冷や汗が溜まっている。欄干《らんかん》にはカラスが二羽止まり、物怖《ものお》じせず、じっと伊豆田を睨《にら》みつけている。何かを伊豆田に伝えようとしているかのようだ。

朝日を拝んで爽快な心持ちとなる普段とは違い、できるだけ早く公邸に戻り、もう一度ベッドに横たわりたい、そんな衝動にかられた。

……公邸に戻ると、妻が新聞を取り込もうとしているところだった。夫の姿に気がつくと、妻がギクリとして肩をすぼめる。伊豆田は妻から新聞を取り上げた。

全国紙の「朝経新聞」の一面トップに大きく記事が掲載されていた。伊豆田の顔写真入りだ。「日本海新報」や他の全国紙もほぼ同様だ。


〈新崎県発注システム開発収賄容疑　現職知事を逮捕へ　特捜部方針固める

新崎県発注の総務経理システムの開発をめぐり、受注側に便宜を図った見返りにソフトウェア開発を約二億円割高な金額で親族が経営する会社に発注させ、同額分の利益供与を受けたとして、東京地検特捜部は昨日、共犯として知事の義父、増田慎一《ますだしんいち》容疑者（七七）を逮捕、今日にも、収賄容疑で同県知事、伊豆田清彦容疑者（五〇）を逮捕する方針だ。

贈賄側は総務経理システムの開発を受注した藤システム開発（東京都品川区）の元会長で、既に逮捕されている。

藤システム開発と増田容疑者側の不正取引疑惑が浮上してから一ヵ月以上に及んだ捜査は「知事の汚職」に発展した。特捜部は情報システム開発を介した癒着の全容解明を目指す。両容疑者は収賄を否認しているとみられる。

調べによると、伊豆田清彦容疑者とシステム開発会社のライフ（神奈川県川崎市）を経営する増田慎一容疑者は共謀。同県が一昨年実施した総務経理システムの開発事業の入札で、藤システム開発の受注に便宜を図った謝礼などの趣旨で、伊豆田容疑者の義理の父が社長を務めるライフ社にソフトウェアの開発下請け業務を約二億円割高で発注させた疑い。

特捜部は割高分が利益供与で、わいろと断定した。伊豆田容疑者はライフ社の大株主で、知事当選前まで非常勤の取締役。ソフトウェアの開発下請け業務の発注は、伊豆田知事が藤ソフトウェア開発の元会長に指示したとされる。

関係者によると、義父の増田容疑者は調べに対し、下請け業務受注と総務経理システムの発注との関係を否認し、「知事は何も知らない」と供述しているが、藤ソフトウェア開発側の関係者は下請けの発注が総務経理システムの受注の謝礼だったことを認めているという。

伊豆田容疑者は記者会見などで、「カネには一切触っていない」などとして関与を否定してきた。

身内には暴君　最後は「裸の王様」伊豆田知事

新崎県知事伊豆田清彦容疑者は、特定の企業・団体などの支援を受けず、清廉《せいれん》さを売り物に、当時史上最年少の三六歳で初当選した。かつての若手知事は一四年を経て、大手ＩＴベンダーとの癒着を問われ、転落。対外的には「清廉潔白」「中央官庁出身で理知的」との人物評で知られるが、身内に対しては、「暴君」として振る舞い続けた。

伊豆田容疑者は一九六二年（昭和三七年）、同県四条市生まれ。東大法学部を卒業後、通商産業省（現経済産業省）に入省。資源エネルギー庁石油部課長補佐などを経て九九年知事へと転身した。

関係者によると、出馬に当たり、有力支援者に「三期で引退する」と約束した。しかし、当選を重ねるにつれ、面と向かって意見できる人がいないほどの存在になった。一昨年には、四選を果たしている。

性格は「とにかく頑固。怒り出したら手をつけられない」（知人）とされる。地元経済団体会長は「人前で、身内を平気で怒鳴りつけていた」と話す。義父との関係をよく知る同県幹部は取材に応え、「非常に親密で、義父は知事の分身のような存在。義父への多額の資金提供を、知事本人が知らなかったはずがない」と証言する。

報告などの際、側近には常に直立不動を求めた。ある元秘書は、高速道路を走行中に逆鱗《げきりん》に触れて車から降ろされ、数十キロを歩いて帰宅した。関係者は「身内に冷たい『暴君』だった」と話す。

県議会関係者は、「本人が気付かないうちに、周りの気持ちは離れ、ひとつのきっかけで不満が噴出した。最後は、裸の王様になっていた」と指摘している〉

……伊豆田は東京地検特捜部から任意聴取すらされていない。にもかかわらず特捜部からリークが行われ、関係者も記者に対して特捜部のストーリーに沿った証言を行っている。国策捜査というものがあると聞いてはいたが、自分がその標的にされるとの危機意識は薄かった。自らの潔白を疑ったことはなかったからだ。

四方から、分厚い固くて冷たいコンクリートの壁が、急速に伊豆田に迫ってきているようだった。不条理ではあるが、過去の国策捜査の対象者も同じような気持ちだったのだろう。

（40）

リビングの電話が鳴った。午前七時ちょうどだ。県庁の知事政策局秘書課長からだった。

「先ほど、東京地検特捜部から電話があり、捜査に協力していただくため、本日、東京地検に出頭願いたい、とのことでした……」

怒りの気持ちはあるが、それを爆発させるより、不条理なことを自らの運命として受け入れる諦《あきら》めの気持ちが先に立つ。雪崩《なだれ》とか洪水とか、大きな自然災害の前では、一個人の努力や抵抗などは無力に等しい。

今回のコンクリートの壁が押し寄せてくるような捜査の迫り方も、伊豆田にとっては自然災害のような唐突さである。ただ、この激流に身を任せるしかない。

「ああ……」と、伊豆田は力なく返事した。

今朝の報道に登場する「取材に応えた県幹部」とは、もしかしたら、この長年ともに仕事をしてきた秘書課長かもしれないのだ。誰にも気を許すことはできない。

「本日の知事のご予定は、すべてキャンセルいたします。上京のご準備もあると思いますので、一〇時一五分発の羽田行きの第二便の予約をさせていただきます。車は八時半に公邸にお回しします。私も同乗して空港までお見送りいたしますので、何か細かい打ち合わせがございましたら、そのときにお話をお伺いいたします。羽田空港へは、東京事務所長がお迎えに上がります」

流れるように秘書課長が説明する。その説明の要領のよさが、秘書課長が周到に用意していた証左のようで、伊豆田は苛立《いらだ》ちを覚えた。

しかし、伊豆田の苛立ちの表情は、電話では秘書課長に伝わらない。その事実に伊豆田は、また苛立っていた。

電話を切るや否や、

「東京地検に呼ばれた。今回の上京は少し長くなるかもしれない」

と、伊豆田は妻に告げ、数日分の泊まりの荷物を準備させた。

任意の事情聴取なのか、逮捕されて留置場に勾留《こうりゆう》されるのか、取り調べは何日間くらい続くのか、何もわからない。そうしたなかで、何を準備させていいのかもわからず、準備には時間がかかった。


八時半の迎えを三〇分近く待たせた伊豆田ではあるが、空港に向かう車中、秘書課長とはほとんど会話らしい会話はしなかった。初当選したあと、随行秘書として伊豆田に気に入られ、秘書を離れたあとも伊豆田の目の届くところにおいて引き立ててやった秘書課長ではあるが、もはや目に見えないコンクリートの壁の向こう側にいるのかもしれない。

今は誰にも弱みを見せたくない気分だった。

空港に着くと、随行秘書一名だけを連れて、そのまますぐ飛行機に飛び乗った。

羽田空港の到着ロビーに着くと、迎えに来た東京事務所長の隣に見知らぬ男性がいた。自身を検察事務官と礼儀正しく自己紹介した。検察庁が迎えの車を用意したとのことで、東京事務所の車ではなく、そのまま地検の茶色のワゴン車に乗るように促した……東京事務所長とも話がついているようだった。

羽田から首都高速で検察庁に向かう車両の上空で、ヘリが二機、追尾していた。おそらくヘリのなかでは、テレビ局のレポーターが伊豆田の出頭を伝えているのだろう。

検察庁が回した車に乗るということは、マスコミの晒《さら》し者になるということに遅ればせながら伊豆田は気がついた。検察庁が手回しよく、フライトの時間、ワゴン車の車種や色、ナンバーをテレビ局に伝え、ヘリからの中継の段取りがつけられていたのだ。

検察庁の車寄せにも、テレビカメラのクルーやマイクを持った記者が黒山の人だかりになっていた。

車を降りるのには少し勇気が必要だった。自分の顔が収賄の容疑者として全国に報道される。それはもう不可避の事態だった。

「今のお気持ちを一言！」

「報道は事実なんですか？　一言だけでもお願いします」

「知事は事実関係をご存じだったんですかっ？」

マイクを向けられ、次々と質問を浴びせかけられる。カメラの照明が伊豆田の顔を明るく照らす……。

検察庁の警備員が制止して道をつくろうとするが、人波に押されてなかなか進むことができない。こうして入り口でもみくちゃにされ、エレベーターに乗り込んでドアが閉まるまでの時間すべてが、映像として今日、日本中の茶の間で放映されるのだろう。それは伊豆田の政治家としての「死」を意味する。

伊豆田が東大法学部で習った刑事法では、疑わしきは被告人の利益にとか、無罪推定の原則があると教えていた。逮捕されても、公判で争って、合理的な疑いを差し挟む余地のない程度の立証を検察が行うことができなければ、有罪とはされない——それが建て前である。

しかし、現実の社会は違う。捜査当局の逮捕がすべてだ。世の受けとめ方は、逮捕されれば悪い人、なのである。

事実、この国では、検察に起訴された人間の有罪率は九九・九パーセントで、その数字は北朝鮮よりも上なのだ……。

検察事務官に誘導され、伊豆田は窓のない小部屋に通された。壁は白く無機質だ。放っておくと、壁が四方からどんどん伊豆田に迫ってくるような気がする。対面には、メタル・フレームの眼鏡をかけた神経質そうな若い検察官が座っていた。

伊豆田が机を挟んでその面前に座ると、検察官が立ち上がり、いきなり逮捕状を朗読した。被疑事実は収賄罪と記されていた。まずは任意の事情聴取と思っていただけに、逮捕状の執行は意外だった。

これから二〇日間の長い取り調べが始まる。その間、一方的に検察からのリークによって、「ふてぶてしい汚職知事」という人物像が連日にわたりつくり上げられ、報道されていくことになるのだろう。

数年前、原発に懐疑的な別の県の知事が汚職で逮捕された際に、「知事は日本にとってよろしくない、いずれ抹殺《まっさつ》する」と、特捜部検事が述べた、そんな話がふと思い出された。

自分がこれからの取り調べで何を言おうが、どう振る舞おうが、政治的には抹殺されることは確定している……。

今朝、橋で見たカラスは、地獄からの使者だったのだろうかと、伊豆田はぼんやり考えていた。新崎県での今朝の出来事は、もう何年も前の、遠い過去のように思えた。

第一七章　再稼働

（41）

再稼働に先立ち、七月の参院選の前に、原子力規制委員会は、新しい規制基準を策定・公表していた。

公表された新しい規制基準では、原発自体の設計基準として、難燃性ケーブルの使用といった火災対策や、配管等の多重化など、信頼性向上対策を従来よりも格段に厳格に定めていた。

また、万一事故が起こった際のシビアアクシデント対策として、フィルター付きベントの設置、非常用バッテリーの増強による電源喪失対策の実施、さらには、航空機衝突、テロ、炉心損傷などが発生した場合に備え、溶融炉心冷却ポンプの設置等も定めていた。

さらに、原発を取り巻く自然現象への対応として、活断層の認定基準の厳格化、近傍の活断層による地震動評価、建物・構築物直下の活断層の有無の評価といった、地震対策を定めた。津波対策としては、基準津波の策定や防潮扉の設置を定めた。また火山対策としては、火山灰除けの設置が盛り込まれた。

「考えうる対策をすべて盛り込んだ、国際的に見ても最高水準の、これ以上ない対策となった」と、原子力規制委員長は、記者会見で胸を張ったものだ。

ただ、アメリカでは原発立地一ヵ所当たり原子炉の数は三基以下であり、日本もフクシマの連鎖を教訓として三基以下に抑えるべきであるという集中立地規制が原子力規制委員会で議論されていたが、その導入は見送られた。既に立地している日本の原発の現状が、この基準を満たさないからであった。

「一つの原子力発電所に七基あったとしても、だいたい、そのうちいくつかは定期検査中ですから、全部動いているというわけではありません」

……委員長のこんなあいまいな言い方で、この集中立地規制は看過された。定期検査ですべての原発が稼働しているわけではないのはアメリカでも同じことである、にもかかわらずである。

肝心の原子炉の安全性も、世界の最新の原発と比較してみると安全性が劣ることは明らかであった。

たとえば、欧州加圧水型炉では、万一のメルトダウンの際にも、原子炉格納容器の底部にはコアキャッチャーがあり、過酷事故時には、炉心の溶融から出たデブリが冷却設備に導かれる。格納容器自体の大きさも日本の原発と比べるとかなり大型化されている。そして、格納容器の壁は二重構造となっており、外側壁は鉄筋コンクリート製で、外部からの航空機衝突の予防壁となっている。

このような最新の安全性を確保した原発が、ヨーロッパのみならず中国でも導入されているのに、日本の規制基準には採用されなかった。日本の重電メーカーの製造する原発はこうした安全性を満たしていないからだ。

ＩＡＥＡが策定する国際的な安全基準にも、日本の経産省や文科省から出向している職員が強硬に反対し、最新の安全性は盛り込まれることなく骨抜きにされていた。

フィルター付きベントについても、原子炉建屋と同一の基盤上に置かなければならない、という伊豆田新崎県知事からの警鐘は見事に無視されていた。フィルター付きベントを原子炉建屋から離れたところに置き、二つの施設を配管でつないだとすれば、大震災の際に起きる大きな揺れで、原子炉からフィルター付きベントに通じる長い配管は破断する可能性が高いにもかかわらず、である。

除雪対策もおざなりだった。冷却に海水を利用するため海岸線に立地する原発は、海沿いにあるので豪雪に見舞われることは想定しづらい、という理由だった。

テロ防止のために必要な、原発で働く下請け孫請け企業の社員の身元確認、その義務化も見送られた。フクシマ事故前から、放射線量の高い場所での危険な作業は、電力会社や重電メーカーの社員ではなく、下請けや孫請けの協力会社が担っている。しかし、四次下請け、五次下請けのレベルになると、暴力団が日雇い労働者を手配、斡旋するのが日常の姿だった。

そうして集められる労働者は、アル中や家庭内暴力で妻子と別れて独り身になった者、元ヤクザ、勤務先が倒産したりリストラされたりした者、非合法のギャンブルにはまり借金でがんじがらめになっている者、薬物中毒者、クレジットカードの借金が返済できない者、などである。生きるためには、身元確認や線量管理などが導入されては困るのだ。

電力会社にとっても、線量の高い場所での危険な作業を担う人員が確保できなくなることは大問題だし、四次下請け、五次下請けを通じ、暴力団に人件費をピンハネさせて、不法勢力と水面下でつながることに有形無形のメリットを感じているため、身元確認の義務化には反対姿勢を貫いた。

——特筆すべきは、公表された新しい規制基準は、すべて原発の敷地内のことに限られていたことである。

原子力規制委員会と原子力規制庁が発足した際に、原子力発電所以外の安全規制の権限、たとえば原発以外の発電所や送電施設についての安全規制の権限は、すべて経済産業省に残された。チョンボがあったのは原発なのだから、原発以外の権限までをみすみす取り上げられる理由は経産省にはない。その結果、原子力発電所に直結する送電施設の安全性については、原子力規制委員会が規制基準を見直すことにはならなかった。

周辺住民の避難計画も再稼働審査の前提要件にはならなかった。アメリカでは、スリーマイル島原発事故のあと、住民の避難計画が具体的に確立して初めて、原発の認可・運転が認められるが、政府の姿勢には天と地ほどの差がある。

新しい規制基準の公表に合わせて、電力会社から再稼働の申請が原子力規制委員会に提出された。第一弾は、仙内《せんだい》一・二号機、戸鞠《とまり》一・二・三号機、高花《たかはな》三・四号機、大井三・四号機、井形《いがた》三号機であった。

再稼働に至るプロセスは、①電力会社から再稼働の申請が原子力規制委員会になされ、②原子力規制委員会が電力会社の申請内容が規制基準に適合していることを認めたうえで、③立地自治体の同意があれば、最終的に国が原発の再稼働を判断することになっている。

どの知事だって、全国で先頭を切って再稼働を認めるのはいやだ。立地県の知事からそういう意向が内々に示され、資源エネルギー庁次長の日村直史が、電力会社の申請のタイミングも横並びを図るよう各電力会社と調整した結果だった。

「今のところ、うまくいってるなあ」

と、商工族のドン、赤沢浩一議員が日村に電話を入れてきた。

「伊豆田知事もうまく葬り去ってくれた。ご苦労さん」

赤沢は上機嫌だった。

「いえ、総理を引っ張り出してくださったのは、赤沢先生ですから。私はただの介添役に過ぎません」

日村は腕枕をしてやっていた璃子《りこ》の頭の下から腕を自由にして、自分の携帯に答えている。六本木のホテル、ザ・リッツ・カールトン東京の四八階の部屋だ。

「……まぁ、伊豆田のような頭のおかしい奴は別として、立地県の知事も電力会社も、結局は、『赤信号、みんなで渡れば怖くない』ってことですから。電力会社にとっては、核のゴミや原発の後始末といったことに頬かむりさえすれば、原発はジャラジャラ金が流れ出てくる現金製造機みたいなもんです」

日村は窓の外に目をやった。東京タワーが、むしろ目線より下に見える。日本を牛耳っているのは俺だ……自分の不敵な笑いが窓に映る。

璃子の美しくくびれたウエストをもう片方の腕で抱き寄せる。二〇代前半の女が甘美な声を漏らしたので、あわてて日村は携帯を手で覆う。

「……知事にとっても、電源立地地域対策交付金のカネを落としてほしい連中が地元にはワンサカいるんですから、原発はカネと票の製造機のようなもんです」

自分にとっても原発はカネと力を生む装置だ――。

今、自分の隣で美しい肢体を惜しみなく晒しているこの女は銀座のホステス見習いだが、日村がザ・リッツ・カールトンに誘ってみると、店がはねた後に、ためらいもなくシーリー社製の高級ベッドに転がり込むようになっていた。

このホテルはもともとは小島の紹介で、日村はデイユースの扱いということで、空室さえあれば、わずか一万円で利用することができていた。霞が関や永田町からは距離があるので、顔見知りと出くわす可能性は少ない。

璃子との関係でも、ホテルとの関係でも、なんとなく裏で関東電力が補塡していることは想像できなくはなかったが、そこをギリギリ詰めて清貧な生活を選ぶよりも、高級キャリア官僚という立場に見合った生活を当然のように選択した。

表向きは、璃子との関係も自由恋愛であるし、ホテルも合法的なデイユースなのだ。ホテルだって、カネの力にあかした成金の連中が集まるよりも、品のいい自分に利用してもらったほうが客層がよくなるだろう。空室だからといって一休ドットコムで売りさばくよりも、ホテルからみて望ましい客にデイユース名目で来てもらうほうが合理的だ。

日村との関係を作ればＧ８《エイト》サミットのような政府間の大きな国際会議を誘致できるかもしれないという打算もホテル側にはあるだろう。お互いウィン・ウィンの関係だ。

「……原子力規制委員会が『安全です』っていうポーズさえキッチリ決めてくれれば、あとは自分たちだけが矢面《やおもて》に立つってことにならなければいいんです。仙内、戸鞠、高花、大井、井形の五ヵ所同時であれば、脱原発の連中の勢力も五分の一ずつに分散しますから」

こう調子よく語る日村は、まさに人生の絶頂にあると言えた。原発の再稼働を叶えたあとは、その功績を引っ提《さ》げて経産省本省の枢要な局長ポストに戻る。もちろん事務次官も目の前だ……。

そんな日村の内心を知ってか知らずか、赤沢はこう言って電話を切った。

「君、しかし、あまり急ぎすぎるなよ。慢心こそ最大の敵だと言うじゃないか」

（42）

――日村の告げたとおり、原子力規制委員会は、仙内一・二号機、戸鞠一・二・三号機、高花三・四号機、大井三・四号機、井形三号機の規制基準への適合を、一二月初めの一回の審議で決めた。事務方でわずか五ヵ月審査しただけだった。

その性急さに、戸惑いと驚きの声がマスコミを賑《にぎ》わしたが、

「新しい規制基準の考え方自体は、公表の半年も前から示されておりましたので、事業者がそれに合わせて入念に準備された結果だと思います。予想よりも早く終わりました」

と、委員長は平然と語っていた。

原子力規制委員会のゴーサインに合わせる形で、間髪を入れずに、地元の知事と町長も、それぞれ地方議会の全員協議会を経たうえで、再稼働に同意を表明した。

数年前の計画停電騒ぎはもう風化していた……「電力不足だから原発を動かします」という再稼働を目論《もくろ》む当初のロジックは破綻《はたん》していたが、再稼働に対する国民のアレルギーも、同時に風化していた。

ワイドショーが一通り騒ぎはしたが、「世界最高水準の規制基準に適合した安全なものは動かす」「電気料金の値上げも困る」ということで、一年半前の大井原発の再稼働ほどの騒ぎにはならなかった。

第二弾は、厳海《げんかい》三・四号機、嶋根《しまね》二号機の申請がなされ、それに加えて、当初は想定されていなかったが、何といっても本命の関東電力の新崎原発六・七号機の再稼働の申請がそれに続いた。七月の段階では申請自体に異議を唱えた伊豆田新崎県知事は、逮捕勾留《こうりゅう》されてしまい、もう娑婆《しゃば》にはいない。

第一弾を巡る世の中の反応を、電力会社も、原子力規制委員会も、そして日村も、よく見据え

ていた。

「潮目が変わった」「大衆は喉元《のどもと》を過ぎて熱さを忘れた」というのが日村の認識だった。潮目の変化が起きたときには、誰よりも先にその流れに乗らなくてはならない。

日村の読み通り、原子力規制委員会は、今度はさらに審査速度を上げて、わずか数週間後に、規制基準にすべて適合との発表がなされた。

原子力規制委員長は、

「第一弾で審査した事項と同じ事項については、当然、同じ判断になります。したがって、審査のスピードは早くなりました」

と、さらりと記者会見で述べる。

六〇〇〇ページ以上もある申請書類を、どうやって数週間で審査できるのか、と多くの人が疑問に感じていたが、内容が専門的過ぎるため、突っ込みの入れようもない。

日本電力連盟原子力部長は、原発再稼働に肯定的な保守系新聞社の論説委員との懇談の席で、次のように述べて理解を求めた。

「だいたい原子力規制庁で審査を担当している役人たちは、電力会社や重電メーカーに入れなかった原子力学科の落ちこぼれですよ。原子力安全・保安院ができたころに中途採用された、他に行き場のない屑《くず》のような連中です。最新の技術についてわかるわけがありません。全部私たちが書類の記載の意味を教えてやってんですよ。

日本では審査ってのはフィクションなんです。国のお墨付きを得た、っていう儀式です。フクシマの事故は天災ですから、フクシマがあろうがなかろうが、原子力安全・保安院から原子力規制庁に同じ連中が移っただけで、メンバーはそのママなんだから、審査だって変わるわけないでしょ。連中が何十週間書類とにらめっこしたって同じですよ、結論は。

アメリカのNRCみたいに四〇〇〇人も職員がいて、職員の流動性があって、職員が最新の知見を持っているっていうなら別ですよ。でも、原子力規制庁の審査官は八〇人、しかもロートルだ。そんなアメリカみたいなことは無理ですよね」

……残念ながら、それは概《おおむ》ね事実だった。

これで、日本最大の関東電力の新崎原発を含め、定期検査入りした大井と合わせれば、フクシマ事故後に稼働する原発が一五基となった。

逮捕された知事に代わって、職務代理者の筆頭副知事が早々に、新崎原発の再稼働に同意すると表明した。わずか十数ページの周辺住民の避難計画が併せて公表されたが、紙の上の計画通りに物事が進むか、その検証はなされていなかった。しかし、県議会や地元経済界は歓迎のコメントを出した。

日村があらかじめ入念に描いていたシナリオ通りのスムーズな手続きの流れであった。関東電力にはビッグなクリスマス・プレゼントとなっただろう。

さすがにワイドショーも、本命の再稼働に関しては大きく取り上げた。時期は冬であり、電力は足りている。

「円安で輸入価格が高騰していて、もうこれ以上化石燃料には頼れません」というのが、新しく原発文化人に加わったコメンテーターの主張だった。

円高のときには資源高と言い、円安になると輸入価格の高騰と言う。原油自体の国際市場価格はピークに比べて大きく低下していることには最後まで触れずじまいだった。

日本電力連盟の作成した原発文化人用の説明資料には、常に電力会社に都合のよい事実しか触れられていない。

ここで、日本最大の原発の再稼働を職務代理者の権限で認めることはできるのか——それが法律上は重要な論点であった。

地方自治法上、職務代理者たる筆頭副知事の権限は、原則として知事の権限すべてに及ぶが、知事たる地位または身分に附随する一身専属的な権限、議会の解散、副知事等の任免などはできないと解されている。

合法か違法かというレベルでいえば、まあ違法とは言い切れないまでも、妥当か不当かといえば、日本最大の原発の再稼働に対し、知事の逮捕中、選挙の洗礼を受けていない副知事の判断でゴーサインを出すというのは、明らかに「不当」と言えた。

知事が辞職して知事選が始まっていれば、選挙戦の最大の争点とされていただろう。しかし、知事は逮捕後も容疑を全面的に否認し、辞職していなかった。

「辞職していない以上は、副知事が判断できるのではないでしょうか。知事が知事の椅子に居座り続ける限り電力供給が滞る、そんなことは許されません。これは新崎県にとどまらない全国の問題なんですっ！」

と、別の原発文化人は吠えた。日村からの事前説明のとおりの発言だった。

こうして年末の御用納めまでには、日本全国で一五基の原発が稼働することになった。フクシマでの三度のメルトダウンを乗り越えた、原子力ムラの、みごとな復元力だった。

第一八章　国家公務員法違反

(43)

どんな組織でも、突然幹部に呼び出されるというのは、とんでもなく悪い話か、とびきり良い話か、そのいずれかである。

昼食で外出中の原子力規制庁の西岡進課長補佐に、総務課長から電話がかかってきた。

「……西岡君、昼休み中にすまんが、今すぐ経産省の官房長のところに行ってくれ」

年末の誰もが忙しいこの時期に異例の指示だった。原子力規制庁の総務課長も西岡も、ともに元々は経済産業省の人間である。原子力規制庁の指定職クラスの幹部は、経済産業省からの片道切符で原子力規制庁に転籍しているが、総務課長や西岡は、経済産業省官房長の人事権の支配下にある。

「……んぐっ、わ、わかりました。すぐ行きます」

西岡は定食屋で口に含んでいた白飯をお茶で流し込み、さらに尋ねた。

「案件は何ですかね？」

一課長補佐の相手は、通常は秘書課長補佐。課室長クラス、指定職と、二段もランクが上の官房長が、直接、他省庁に出向中の一課長補佐を呼び出すなど尋常ではない。

西岡が新卒採用されて最初に配属されたときの直属の上司が、たまたま現在の官房長なので、西岡からするとよく知った相手ではある。ことさら緊張することはなかったが、官房長がその親密さゆえに直接、西岡を呼び出しているのか、深刻な案件だから呼び出しているのか、それはわからなかった。

「……わからん。とにかく、すぐ行くように、わかったな」

問答無用の響きがある。いつもの総務課長の口調ではなかった……。

まさか、と西岡は思った。得体《えたい》の知れない寒々とした恐怖感が、西岡の全身を包んでいった。

残りの白飯を掻《か》き込んで、急ぎ足で、西岡は経済産業省本館に到着した。

一九八四年に建てられた経済産業省本館の建物は、既に建設から三〇年近く経過しているものの、古い建物が多い霞が関のなかでは、相対的にはまだ新しいほうであった。

昼休み終了前のエレベーター・ホールは常に混んでいる。知った顔も見かけたが、西岡から声をかける気にはならなかった。これから何が自分を待ち受けているのか——それで頭が一杯だった。

官房長室がある一一階は、大臣室、副大臣室、事務次官室が並ぶ特別のフロアである。経済産業省のなかでは唯一、自動ドアが設置され、廊下の照明も落ち着いたものに替えられ、シックな絨毯《じゅうたん》も敷かれており、荘厳《そうごん》な雰囲気がある。

西岡は官房長室の受付に到着すると、隣の小部屋にいったん通され、そしてすぐ官房長室に呼び込まれた。

官房長室には、官房長と、それ以外にダーク・スーツの見知らぬ男が二人座っていた。

官房長が待ち構えていたように口を開く。

「今日付で、君を経産省大臣官房付とする。もう、このまま、原子力規制庁には戻らなくていい。急ぎなので辞令交付は行わない」

「えっ？」と、西岡は口ごもった。

重要案件で、かつ、とんでもなく悪い話のようだった。

「残念ながら、君に国家公務員法違反の容疑がかかっている。こちらは警視庁の捜査二課の方々だ。これから警視庁に行って、捜査に協力してもらう。真実を語ってくれることを期待するよ」

いきなりの話に、西岡の顔面が蒼白《そうはく》になった。無意識に両脚がガクガクと震え始めた。

「では、ご同行ください」と、捜査二課の刑事が立ち上がった。

西岡は、ここから走り出して逃げたい衝動に駆られたが、経済産業省大臣官房付ということであれば、原子力規制庁には、もう戻るオフィスもなかった……。

同じ時間、再生可能エネルギー研究財団の理事長から、研究ブースにいる玉川京子に電話が入った。

「すまんが、君に会いたいというお客さんだ。今すぐ理事長室に来てくれ」

どうせ女好きの民間企業のクライアントに、うちには元女子アナの研究員がいます、彼女にエネルギー環境問題の仕事は担当させます、という理事長流の営業だろう。

自分の持てるすべての価値を利用することに躊躇《ためら》いのない彼女にとって、特段悪い気はしなかった。これも自分の研究員としての競争力の一部である。

玉川は、理事長室に行く前に、洗面所に寄って口紅をゆっくりと引きなおした。私を見たがっているのだから、顔のメイクを整えてチャーミングに見せることは当然だし、少しぐらい焦《じ》らしたほうが、よりクライアントにはアピールすることになるだろう。もちろんシャネルのアリュールを項《うなじ》につけるのも忘れない。

玉川がアイラインを引きなおして、ほぼ完璧と思えたころ、廊下から、「玉川君、玉川君！」と呼ぶ声が聞こえた。

理事の声だ。理事は、常に理事長の顔色をうかがう役人ＯＢのヒラメだが、それにしても口調が緊迫している。尋常な様子ではない。

慌てて洗面所から出ると、「すぐに来なくちゃダメじゃないか」と、理事が大声で一喝《いっかつ》する。

「心配したぞ、どこ行ってたんだ？」

……何を心配したのだろう。どこに行くと思ったのだろう。答えがわからないうちに、理事長室に入った。

理事長の前には、民間企業らしさがまったく感じられない、どぶねずみ色のスーツの男性が二人座っていた。

二人とも年齢は玉川と変わりない風情《ふぜい》だが、一人は時代遅れのダブルでツータックのスーツ、もう一人は量販店で買ったであろう異様に細身の若作りのスーツを着ていた。玉川が生理的に受け付けない人種だ。民間企業のクライアントという想像の前提が崩れていった。

「こちら、麴町《こうじまち》署の刑事さんだ。国家公務員法違反の事件で捜査に協力してほしい、ということでお越しになられた」

そう、理事長が玉川に紹介する。二人の刑事は一言も発さず、ただわずかに会釈《えしゃく》をした。

玉川は動揺しながらも精一杯の微笑みをつくり、

「えっ、何のことかサッパリわかりませんが……何なんでしょうか？」

と、イノセントな表情を繕《つくろ》いながら、不思議そうに、二人の刑事の顔を覗き込んだ。

が、こうした玉川の男好きのする顔が通用する相手ではないようだ。

「すみませんが、署までご同行願います」

と、ダブルスーツのほうがピシャリと告げる。

勤務先である財団の理事長の了解が取れている以上は、断りにくい。

「あの、夕方、クライアントとの打ち合わせが入っていますが……」

と、必死で抵抗してみるが、

「スケジュールにある仕事先とのリスケの連絡は、すべて私がやっておきます」

同席した理事が甲斐甲斐《かいがい》しく、理事長や刑事に早口で説明する。

……玉川には、麴町署に行くという選択肢しか、残されてはいなかった。

西岡には警視庁の取調室で、玉川には麴町署の取調室で、それぞれ到着するや否や逮捕状が執行された。

西岡は国家公務員法第一〇〇条第一項「職員は、職務上知ることのできた秘密を漏らしてはならない」という守秘義務違反、玉川は国家公務員ではないが、刑法第六五条第一項の適用により、国家公務員法の守秘義務違反の教唆《きょうさ》、との容疑だった。


その日の午後三時のニュースでは、早くも、

「速報！　国家公務員法違反容疑で原子力規制庁の現役課長補佐逮捕。教唆犯の女性も逮捕。性交渉で幹部の機密漏洩か？」

との一報が流れた。

同日、午後四時の官房長官の記者会見では、官房長官は記者の質問に対し、

「原子力の安全を司《つかさ》どる原子力規制庁において、いかなる内容といえども、その機密を漏洩することは許されるものではありません。現在、捜査当局において捜査が進められているものと承知しております。真相が明らかにされ、それに応じて関係者を厳重に処分することが、原子力の安全に対する信頼を回復する唯一の道であります」

と苦々しく述べた。

「責められるべきは、天下りと引き換えに報告書案の内容を漏洩した審議官であって、審議官こそ、国家公務員法違反を問われるべきではないのでしょうか？」

と、若い官邸詰の記者が質問した。

「その点につきましては、先日も申し上げました通り、報告書案の内容は既に固まっていて、法律上保護に値する秘密ではない、と判断しております」

しかし記者は、

「こうした逮捕を許していたのでは、行政府の組織のなかで不適切な行為がなされている場合に、内部告発ができなくなるのではないでしょうか、行政の自浄作用が働かなくなるのではないでしょうか？」

と食い下がる。

「行政の内部の公務員であっても、行政内部に違法行為があれば、公益通報者保護法による保護の仕組みが用意されております。そうした制度をご活用いただけなかったのは、誠に残念であります」

そう答える官房長官に、別の記者が興奮した面持ちで質問する。

「公益通報者保護法が機能していないからこそ、外のマスコミに訴えているわけですよね？　行政内部で告発しても握りつぶされると思われていることが問題ではないのでしょうか？」

しかし、表情を変えずに官房長官は答える。

「同じお答えになってしまいますが、公務員である以上、公務員として法令上のルールを守ることは当然と考えております」

翌朝はワイドショーが飛びついた。

保守系のテレビ局は、一九七一年の沖縄返還協定にからみ、取材上知り得た機密情報を国会議員に漏洩した「毎日新聞」政治部の西山太吉《にしやまたきち》記者らが国家公務員法違反で有罪となった、「外務省機密漏洩事件」の現代版として大々的に報じた。しかも、異性を唆《そそのか》し、性交渉を通じて国家機密を漏洩させた点も同じであると、扇情的に報道した。

リベラル系のテレビ局では、原発推進の国策捜査ではないかと、捜査当局に対して強く懸念を示す一方で、それが性交渉というプロセスで行われたことについては、取材手法は不適切との見解を示した。

特に、審議官室での会話やビデオ映像を報道した「テレビ朝経」に対しては、テレビ側もそうした不適切な入手方法について承知していたのではないか、との疑念が向けられた。放送倫理・番組向上機構に対しては、放送倫理検証委員会の審議対象とすべきと、多くの視聴者からの指摘が殺到した。

しかし、「多くの視聴者」とは、自らの職業を民間企業勤務と申告した、電力会社の本社広報部所在地からの電話によって生まれた「モンスター」であった。

（44）

玉川は海士弁護士に弁護を依頼した。西岡は当初は当番弁護士を依頼したが、玉川から海士に依頼し、西岡の弁護もすぐ、海土弁護士に切り替えられた。

海土の接見が認められたのは、逮捕翌日の深夜だった。

既に取り調べのなかで、刑事から、二人にはそれぞれ動かぬ証拠が突きつけられていた。

一連の審議官の情報漏洩問題が報道された直後、官房長官の命を受け、警視庁に捜査本部も立ち上がっていた。


警視庁は、原子力規制庁に最近六ヵ月の職場の全電子メールの情報を任意提出させた。それだけでは電子メールが削除されている可能性もあるので、外部のデータ・セキュリティ業者に委託して、削除されているメールもすべて復元させた。

原子力規制庁の入構口の出退庁ゲートの記録、エレベーターや廊下の防犯カメラの記録も提出させた。審議官およびその周辺の職員に対して、どの職員が審議官に対して腹に一物《いちもつ》ありそうかということも、警視庁の捜査員からヒアリングさせた。

職場の全電子メールからは、「ICレコーダー」「漏洩」「天下り」といった単語でヒットするメールは一切見当たらなかった。

そうしたなかで、廊下を歩かずに審議官室への出入りが可能であり、審議官に対して従順でない人物だと、審議官からも周辺からも指摘された人物——そして、出退庁時間が審議官や総務課長よりも常にあとで、毎週末、人気のない時間に短時間出勤している疑わしき人物ということで、総務課総括補佐の西岡進の名前が捜査対象として上がった。

警視庁は裁判所の令状をとって、携帯電話会社から、西岡の通話記録、位置情報、電子メール、インターネット・アクセスの情報を入手した。これらの情報を解析したところ、まず、西岡がＬＩＮＥで頻繁に玉川と連絡を取っていることが判明したのだ……。

警視庁はすぐに、携帯電話会社から、玉川の通話記録、位置情報、電子メール、インターネット・アクセスの情報を同様に入手するとともに、ＬＩＮＥに対しても、裁判所の令状をとって西岡と玉川とのやりとりを開示させた。

クロネコのスタンプが使われたやりとりが、ちょうど審議官の機密漏洩のあとに発見された。ＵＳＢメモリーやマイクロＳＤカードのやりとりがされたのではないか、ということで、宅配便会社からも、西岡の自宅、玉川の自宅、玉川の勤務先等の荷物のやりとりについての情報が入手されたが、荷物のやりとりの記録は一切残っていなかった。

しかし、西岡と玉川のインターネット・アクセス記録を見ると、ちょうど同時期Gmailへの頻繁なアクセスが見られた。それをグーグルに問い合わせた結果、二人が同一のアカウントにアクセスしていることが判明したのだ。

捜査令状に基づき捜査当局が開示を請求したところ、グーグルはあっさりと電子メールの内容を開示した。

グーグルは中国政府の検閲には応じていることが知られている。アメリカ・カリフォルニア州のマウンテンビューにあるグーグル本社の幹部からしてみれば、中国政府のリクエストにも日本政府のリクエストにも、同じ地球の裏側のアジアの国に対して変わらない対応をした、ということでしかなかった。

西岡から「面白いもの」を玉川に渡していたことは明らかになった。

警察は、二人の携帯の位置情報を調べることで、二人が横浜の日ノ出町やANAインターコンチネンタルホテル東京で一夜を共にしていることもつきとめた。令状を示し、ホテルの廊下を撮影した防犯カメラの映像や、クレジットカードの利用履歴を、着々と押さえていった。

こうした動かぬ証拠を提示され、供述の細かな食い違いを執拗に追及されて、海士との接見が認められる前に、二人はそれぞれ容疑事実を概《おおむ》ね認める供述をしていた。

逆に言えば、担当の弁護士が海士であるからこそ、二人が容疑事実を認めるまでは接見も許されなかったのかもしれない。海士としては、正直に罪を認めて情状酌量《しゃくりょう》の余地を増やすこと、逃亡や罪証隠滅《いんめつ》の怖れがないことなどを示して、できるだけ早く保釈決定を受けることくらいしか、アドバイスする余地がなかった。

今後の裁判では、審議官室での会話が国家公務員法の守秘義務の対象となるかどうかが争点となると予想された。しかし、「何が秘密か」というのは、行政当局のさじ加減一つで決まる。当局が秘密と主張すれば、裁判所はそれを秘密と認めるであろう。それは容易に想像がついた。

自らの天下りと引き換えに報告書案をこっそり見せる行為と、それをマスコミにリークする行為……後者のみが秘密というのは、いかにもバランスを欠いた話ではある。しかし、性交渉を通じて機密が漏洩されたという点にばかり世間の関心が集まるため、捜査の不当性を追及するメディアは少なかった。

国家公務員法の守秘義務違反は罰則が一年以下の懲役または五〇万円以下の罰金という比較的軽微な犯罪であるにもかかわらず、西岡も玉川も保釈は一切認められずに、そのまま起訴され、公判が開かれることになった。

——政権幹部の意思が働いていることは明白だった。

一方、玉川から情報提供されていた新聞社やテレビ局は、玉川の情報の入手方法については一切承知していないと、今回のスキャンダルとは無関係であることを強調した。

脱原発の人々が、東京都の公安条例違反、不退去罪、国家公務員法違反とされ、相次いで違法行為で逮捕されるという一連の報道が繰り返されたことで、逆に、脱原発勢力は手段を選ばない不法な勢力であるとの心証を、強烈に、日本国民に植え付けることとなった。

二人の公判は、異例のスピードで、年明け早々には始まることが決まった。二人の馴《な》れ初《そ》めから、具体的な性交渉に至るまで、検察の冒頭陳述で面白おかしく紹介されることになるだろう。それがスケッチ付きの解説で大々的に報道されることを視聴者が待ち望んでいることは、一二〇パーセント間違いなかった。

二人は、小菅《こすげ》の拘置所で、人生で最悪の年末年始を迎えることになったのだ。

終章　爆弾低気圧

（45）

年の瀬は典型的な冬型の気圧配置となった。爆弾低気圧ともいわれる急激な天候の変化が日本列島を襲った。

一二月二八日の仕事納めから三日連続で激しい降雪が続き、日本海側の山沿いでは、一気に五メートル超の積雪となった。海沿いは積雪量が少ないと一般的には言われるが、平野部でも積雪は二メートル、海岸線沿いでも積雪は五〇センチメートルを超えた。

仕事納めが終わり、発電所の人員も最小限の態勢となった。大晦日《おおみそか》の三一日、昼時は一時暖かくなり、雪が雨に変わったが、夕方に再び冷え込みが厳しくなると、積雪の上に降った雨の水分が雪を凍らせていった。

……新崎原発の高台にある、非常用電源車の車庫棟の入り口も、五〇センチメートルの積雪で埋まり、夕刻からの厳しい冷え込みで、表面が硬化していた。

普段であれば、構内で除雪車を稼働させるところだが、正月休みなので、業者は帰してしまっていた。発電所では、東栄会に所属する地元業者と除雪車の稼働を契約しているのだが、当該業者は正月に当たり態勢を縮小させていた。

この業者は、幹線道路の除雪作業も地元自治体から請け負っていたため、新年を迎えるに当たり、原発の周辺の住民が無事に初詣《はつもうで》に行けるよう、幹線道路の除雪を優先していた。

それでも積雪は、態勢を縮小させた業者の除雪能力を超えていたため、新崎原発周辺の幹線道路は、通行する自動車のスタッドレス・タイヤにより、圧雪路面が磨き上げられ、鏡面のようにツルツルになっていた。

スパイク・タイヤやチェーンを付けた車が一定程度走っていれば、路面はツルツルに鏡面化したりしないが、新崎県でももう、ほとんどの車が、冬にはスタッドレス・タイヤを使用していた。

大晦日の夕方は、交通量自体は多くなかったものの、年末年始を故郷や自宅で過ごすために慌ただしく移動する車が多く、路面の状況と相まって、幹線道路や高速道路も軒並みノロノロ運転となっていた。

新しく公表された規制基準は、テロ対策として、原発そのものを二四時間武装した警官で警備することや、いざという場合には自衛隊が出動することなどが定められていたが、原発の敷地外の対策に関しては、一切定めていなかった。

原発は膨大なエネルギーを発生させるので、つくられた電気を送電線で送り出さなければ、エネルギーが蓄積されることになる。

仮に、送電線に支障を来し、発電した電気を送り出せないことになれば、原発自体をスクラム

（緊急停止）したとしても、外部電源か非常用電源かで冷却し続けない限り、崩壊熱で炉心がメルトダウンする……。

その送電塔は、電気事業法の定める施設基準に適合するように建てられていたが、送電線などの電線路の基準自体は一九六四年に法律が制定された当時から大きな見直しはなされていない。特段の技術の進歩もないローテクの分野だからだ。

東日本大震災の際にも鉄塔が倒れるといった事故はあったが、電線路の規制基準の見直しという話にはならなかった。あれだけの大地震でも倒れたのは数本だったから、という理屈である。

仮に見直すということになれば、カネを新たに生み出さない電線路への投資でコストアップということになるし、その影響は全国に波及する。ただでさえ原発の稼働停止で石油・ＬＮＧ購入のコストアップを迫られていた電力会社としては、できるだけ避けたい投資であった。

さらに、そういう電線路の施設基準の厳格化といった提案を言い出すインセンティブが、そもそも原子力規制委員会にはなかった。

なぜならば、原子力の安全規制の部分は、フクシマ事故で経済産業省から独立したが、原子力と関係ない電気工作物については、相変わらず経済産業省の所管のままだったからである。自分の所掌でない事項に対して、行政は常に無策だ。役人が自分の縄張りしか守らないことも、万人が承知している通りだ。

このように、民間施設としては考えられるすべての防備を施している新崎原発だが、そこから送り出される電気が通る送電塔は、無防備に、むき出しにされたまま、大雪のなかで寒々と立っていた。

一応、鉄条網で足元には囲いが施され、「立入禁止　高圧電線　危険」との表示はあるが、誰が監視しているわけでもない。

フクシマの三度のメルトダウン以降、保安上の観点から、国土地理院の最新電子国土基本図データには送電線の情報が提供されなくなってはいた。しかし、それ以前に発行されていた二万五〇〇〇分の一の地図には、送電線の位置が正確に記載されていたし、国土地理院も利用者サービスの維持の観点から、引き続き旧式の二万五〇〇〇分の一の地図をインターネットで提供し、世界中の誰もが、どこからでも、無料で閲覧することが可能となっていた。

新崎原発で発電された電気は、北新崎幹線と南新崎幹線という二系統の五〇万ボルトの高圧電線で、それぞれ約二〇〇基の鉄塔を介して、関東電力のエリアに送られていた。

自然災害であれば、二系統のどちらも支障を来すという可能性は著しく低いと評価されていたが、自然災害以外の災害は起こらないという「性善説」に立った考え方であった……。

（46）

大雪が続くなか、金山剛と崔のオヤジが、関東山地から日本海側に連なるエリアの鉄塔の足元にたどり着いたのは、ちょうど「紅白歌合戦」が終わりに近づくころだった。

吹雪は激しいままで、ホワイトアウトと呼ばれるような、大雪で視界が遮《さえぎ》られ何も見えない状況だった。崔がどこからか手に入れてきた暗視ゴーグルのおかげで、金山たちは、なんとか無事に鉄塔までたどり着いたのである。わずかな熱を暗視ゴーグルは感知するのだ。

金山は、崔のことは詳しくは知らない。半島系の建設会社の社員ということだった。もともと突然の父親の逮捕によって新崎原発に左遷されていた金山に近づいてきたのが、崔だった。最初は新崎原発の定期検査の二次下請けの社員と電力会社社員という関係であり、顔はお互いに認識していても、立場上は直接、口を利《き》くことすらままならなかった。

二人が接近したのは、偶然、休日にバイパス沿いのパチンコ屋で出くわしたのがきっかけだった。一回りも年上の崔が金山に飲みに行こうと声をかけ、単身で独身寮にいて無聊《ぶりょう》をかこっていた金山がそれに応じた。

崔はなぜか金山の出自や転勤の経緯を知っているようだった……最初は少し警戒したが、無骨な顔付きながら、なぜか憎めない崔の人柄にほだされて、金山は今までのすべてを語った。崔もまた、自らが半島に出自を持ち、それゆえに差別もされてきたが、その一方で、同胞から仕事を得ていることを語った。

二人は、日本社会から疎外され、また、出自からも切り離され、どちらのアイデンティティも失った存在であることを、お互いに確認した……自分たちの境遇を変えるには、この社会や世界の構造を大きく変えなければならない。そしてそのためには、拠《よ》り所が必要だ。崔に勧められるまま、同胞組織の地方支部の活動に金山は参加することになった。

金山は同胞組織の綱領と規約を承認し、同胞に祝福された。

その金山は、やがて関東電力を辞職した。左遷され座敷牢で晒《さら》し者になるよりも、自分の出自を受け容れてくれ、役割を与えてくれる道を選択したのだ。以後、金山は、今までの遅れを取り戻すかのように、同胞組織の活動に誰よりも専念するようになり、誰よりも同胞の指導者に忠誠を尽くすようになっていった。


崔のオヤジが、手慣れた手つきで鉄塔の基礎の部分にダイナマイトを装着し、発破器をつないだ。

ダイナマイトは、火薬類取締法で、都道府県知事の許可がなければ入手は不可能ということになっていたが、現実には広く工事現場で使用されており、残余の横流し品を入手することは、カネの手当てさえすれば、そう難しいことではなかった。

「準備完了」とのメールを金山の携帯が着信した……南新崎幹線を担当する別の仲間からだ。

「当方も完了。当初の予定時刻に」と、返信する。

午後一一時四四分、ＮＨＫでは、「蛍《ほたる》の光」の合唱が「紅白歌合戦」で流れ始めるころだ。崔のオヤジが顎《あご》をしゃくって金山をうながした。

「共和国は永遠なり！」

金山はそう叫び、発破器のスイッチを押した。

轟音《ごうおん》が山中にこだました。雷にも似た火花が暗い山中を不連続に切り裂いた。しかしそのとき、金山自身も、頭部に強い衝撃を感じた。

目の前が閃光《せんこう》に包まれ、何も見えなくなっていた。ホワイトアウトが金山の脳内にも出現していた……。

その隣で、崔のオヤジが中国でライセンス生産されたトカレフを手にしていた。銃口からは煙が上がっている。

「結束《ジエシュウ》」……そう、静かに崔はつぶやいた。任務は終了したのだ。

吉林《きつりん》省朝鮮族出身の崔は、大陸の共産党の国家安全部で訓練され、日本の同胞組織に潜入した工作員だったのだ。

崔はトカレフを金山の右手に握らせ、黒々と開いた弾丸の射入口に銃口を当てた。関東電力に恨みを持った男が送電塔を爆破し、恨みを晴らし、そして潔く命を絶った、というわけである。

尾根をいくつか越えた場所でも、別の日本人の死体が転がっているはずだ。祖国がテロの犯人にされることはない。

「自分の国のど真ん中も守れないのに、尖閣《せんかく》を守れるはずなんてないだろうが……」

崔はそう言って片頬で冷たい笑みをつくると、急いで下山の準備にかかった。自分の足跡も、降り続ける雪が消してくれる。特殊な訓練を受けた崔にとっては、最も難度の低いオペレーションだった。

いや、体力さえあれば、日本人の素人でも、送電塔を倒すことなど、実はたやすいことなのである……。

（47）

「関東地方で大規模な停電が発生、原因は調査中」

とのテロップがＮＨＫの「ゆく年くる年」の放送の途中に流れたのは、新年を迎える数分前だった。

停電が起きたのは関東地方の五〇万世帯だったが、停電を食らった世帯ではテレビでテロップを確認することもできず、不意の停電に不吉《ふきつ》な予感を覚えてはいたが、多くの人間はそのまま床についた。たいていの場合、大雪のせいによる停電なのだろう、くらいにしか受けとめられていなかった。


翌、元日の早朝六時から、官房長官の緊急記者会見が官邸で行われた。

「昨夜一二時前、関東電力の高圧送電線の鉄塔が倒壊する事故があり、新崎原発が緊急停止いたしました……現在、原子炉を非常用電源で冷却中であります。

周辺住民の方々は、冷静に対応願います。この事態によりまして、関東電力の供給区域内で、現在、五〇万世帯に停電が起きておりますが、順次復旧する見込みであります」

緊張した面持ちで官房長官がこう述べる。

記者から次々と質問が浴びせられる。官房長官は蒼白な顔で、それでも丁寧に答えていく。

「放射能漏れはありますか？」

「一切ございません」

「現在原子炉は冷却できているのでしょうか？」

「非常用電源が稼働中であります」

「非常用電源の燃料はどのくらい備蓄しているのでしょうか？」

「所内に一週間分は確保しておりますが、念のため、タンクローリー車による輸送を、官邸から指示したところであります」

「鉄塔の倒壊の原因は何でしょうか？」

「現在調査中です」

「停電の復旧にはどのくらいかかりますか？」

「関東電力において、火力発電所の出力上昇を現在、行っておりまして、本日午前中には復旧できる見通し、との報告を受けております」


新崎原発では、午前七時の段階で、原子炉を冷却中のバッテリー電源の残量がほとんどなくなりかけていた。そのため、非常用のディーゼル発電機を始動させようと、現場の当直の作業員が努力していた。

前日夕方からの冷え込みは非常に厳しく、気温は、氷点下九・五度に達していた。キンキンに冷え込んでいるためか、ディーゼル・エンジンがかからない。軽油に含まれる成分が気温の低下によって流動性が低くなり、フィルター部で燃料を詰まらせていたのだ。燃料が詰まると、当然、エンジンには燃料がいかない。

作業員は、エンジンをかけようと焦《あせ》る。ただ、原子炉についての知識はあるが、ディーゼル・エンジンについての基礎知識は欠落していた。作業員にはディーゼル・エンジンが始動しない理由がわかっていなかった。

新崎原発の所長は、正月休みをとって、東京へ帰省していた。作業員が昨夜から中央制御室に詰めている所長代理に無線電話で連絡を入れる。

「ディーゼル・エンジンがかかりません!」

所長代理が怒鳴る。

「そんなことあるか、馬鹿野郎!」

午前七時半にバッテリー電源が切れたあと、原子炉の圧は急速に上昇し始めた。俄然《がぜん》、中央制御室の緊張が、原子炉の圧の上昇に比例して、ぐんぐんと上り詰めていった。

所長代理は、外部電源車の出動を命じた。

外部電源車は、フクシマの事故の反省から、原子炉のある海岸線から少し離れた高台の車庫棟のなかに格納されていた。作業員が外部電源車の車庫棟に向かおうとするが、そこに行く道は、五〇センチメートル以上の深い積雪に覆われていた……吹雪も強まっていた。

「車では近づけません!」

「馬鹿野郎、歩いていけ！」

現場の作業員と所長代理のあいだで、こんなやりとりが何度も交わされた。

海岸線から海抜四〇メートルの高台にある車庫棟へ歩いて近づくのは、雪山登山の様相を呈した。いったんシャーベット状になった積雪は、昨夜からの冷え込みで、カチンカチンに凍結している。アイゼンもピッケルもない状況で、吹雪のなか車庫棟に登っていくのは、遭難の危険も感じられるほどだった。

「除雪車を呼べ、すぐにだ！」

中央制御室の所長代理が、必死の形相《ぎょうそう》で施設課長に指示する。その施設課長は除雪業者に連絡を取ったが、業者の事務所の電話は通じなかった。

しかも、除雪業者の保有する除雪車は、この猛吹雪のなか、幹線道路の除雪にすべて出払っていた。発電所で除雪車の運転手の携帯番号を把握していない以上、業者が捕まらない限りは、連絡を取ることは不可能だった。

施設課長は一一〇番で警察に連絡をして、除雪車を捕捉し、新崎原発に向かうよう要請した。しかし警察の答えは、幹線道路でも雪による事故が多発しており、それどころではないという、絶望的なものだった。

新崎原発の施設課長が除雪業者への連絡に腐心していた午前九時、官房長官の緊急記者会見が再度行われた。ＮＨＫは正月番組を中断して放送する。

官房長官から、

「先ほど午前八時、原子力災害対策特別措置法に基づく原子力災害対策本部を、官邸に設置いたしました。原子炉の冷却につきましては、バッテリー電源から非常用電源への切り替えに向けた作業を行っているところであります」

との説明がなされた。

「現在原子炉の冷却は継続できているのでしょうか？」

本社から出張《でば》ってきたのかもしれない。普段は見かけない年嵩《としかさ》の記者が質問を投げかける。

「現時点では、一時的に、冷却が中断しております……」

官房長官の苦渋《くじゅう》に満ちた表情を前に、正月返上で官邸に詰めていた記者たちのあいだに、どよめきが起こる。記者会見室から外に走り出す者や、その場で携帯をかけ始める者も現れた。

以下、緊迫したやりとりが続く。

「冷却はいつ再開できる見込みでしょうか？」

「それについての情報は、まだありません」

「非常用ディーゼル発電機は、なぜ作動していないのでしょうか？」

「現在調査中であります」

「発電所内にある外部電源車は使えないのでしょうか？」

「現在鋭意《えいい》作業中であります」

……民放の正月番組にも、「新崎原発、冷却一時中断　冷却再開の見通し不明」とのテロップが一斉に流れた。生放送のお笑い番組は中断され、官邸の緊急記者会見に切り替わった。

「メルトダウンが始まっているということでよろしいでしょうか？」

「いつ格納容器の外に放射能漏れが起きると予想されますか？」

「SPEEDI《スピーディ》での予想はいつ公表されますか？」

「原子力緊急事態宣言ということで理解してよろしいでしょうか？」

矢継ぎ早に記者が質問を浴びせかける……。

寝ぼけ眼《まなこ》で新春のテレビを見ていた新崎県民のあいだに、官邸の記者会見のテレビ中継によって、衝撃が走った。

原子炉の冷却ができていないということは、核燃料棒のメルトダウンが進行していることを意味する——そのことは、フクシマの三度のメルトダウンを経験した日本国民なら、多かれ少なかれ、誰でも理解できることであった。新崎原発周辺の住民はなおさらである。

「おい、餅《もち》焼いている場合じゃねぇぞ。メルトダウンだ！」

とテレビを見ていた夫が叫ぶ。新崎原発のおかげで、それ以前の世代のような冬の出稼ぎから解放されて、正月を自宅で迎えられるようにはなっていた。

「すぐ、逃げるべ」

そう答える妻も、新崎原発のおかげで、冬の内職をせずに済むようになっていた。

着のみ着のまま、餅箱や預金通帳を抱えて、一家全員で車に乗り込む。フクシマでは、いまだ帰還困難区域の指定が解除されていないことが、一家の頭をよぎる。

「ダッフィー、忘れちゃったー」

と娘が泣き叫ぶ。関東電力の招待で、昨年、東京ディズニーリゾートを訪問したときに父に買ってもらった娘のお気に入りである。

しかし、ダッフィーのために逃げ遅れるわけにはいかない。

「すぐにダッフィーは迎えに行けるからよ。しばらく家の留守をダッフィーに守ってもらうべさ」

と父が娘を諭《さと》す。が、本当は、いつ戻れるかわからないのだ……。

自宅に近い県道は積雪があったが何とか走ることはできた。しかし、県道をわずか二キロ走ったあたりで、車は早くも渋滞に巻き込まれた。

実は伊豆田知事は以前、緊急事態を想定して、四〇〇人の住民が避難する訓練を行ったことがある。ところが、たったそれだけの人間が一斉に車を動かしただけで、大渋滞が発生したのである。そのときの反省は、今回の避難計画には生かされていなかった。

……県道の先には国道が、その先には高速道路がつながっている。高速にさえ乗れれば、原発から五〇キロでも一〇〇キロでも先に逃れることができるだろうに。

見る見るうちに、後ろにも車の列が並んだ。そのうち列の最後尾は見えなくなった。皆、テレビを見て、慌てて集落から逃げ出してきたのだ。

新崎原発でメルトダウンが始まっていると思うと、心臓がせり上がってきて、口から飛び出すような恐怖感を覚える。原発に向かう反対車線には、まったく車が通っていない。皆、原発から少しでも遠くに逃げようとしているのだ。

後方から一台のバイクが反対車線を平然と逆走し、国道のほうへ走り抜けていった。後ろに子どもを二人も乗せた三人乗りだ。ヘルメットもかぶっていない。生きるか死ぬかの瀬戸際なのだ。

釣られるように、二、三台の軽自動車が、バイクのあとに飛び出していく。その直後、一斉に他の自動車も反対車線を走り始め、一気に車列は前進した。今は、交通法規にこだわっている場合ではない。

そのまま国道に着くと、県道から来た車の列は、そのままの勢いで、国道の反対車線を逆走して突っ込んでいった。反対車線を走る車が急ブレーキをかけ、スリップを起こし、そのまま逆走した車に激突する。ツルツルに鏡面化した路面では、スタッドレス・タイヤはほとんど制動力を発揮しない。両方向から、次々と後続の車が衝突していった。

衝突を避けようとしてハンドルをとられた車が、高速につながる車線に突っ込んだ。運悪く、衝突された車のガソリンタンクに着火し炎上する……その後ろでは、次々と玉突き衝突が起きていく……。

性善説に基づいて策定された周辺住民の避難計画には想定されていない事態である。

新崎原発に最も近いインターチェンジでも、事故が起きていた。

雪が踏み固められ路面が鏡面化したインターチェンジの出口付近で、官邸の指示を受け、首都圏から向かったタンクローリーが滑り、横転した。漏れた燃料に引火し、インターチェンジの出入り口一帯が火の海となった。

地元自治体の消防がインターチェンジに向かおうとしたが、周辺道路は原発から避難する車で一杯で、まったく動かない。消防車がサイレンを鳴らしても、塞《ふさ》がった道路をインターチェンジに向かうことはできなかった。

高速道路の本線でも、インターチェンジ付近で下りられないことに気付いた車両が速度を落とし、後続に追突される事故が起こった。こうして上下線とも、全面的に通行止めとなってしまった。

警察から連絡を受けた除雪車も渋滞に嵌《は》まっていた。

いくら電力会社とのあいだで除雪作業の契約があるとはいえ、メルトダウンを起こしている原発に向かうのには、勇気が必要だった。連絡を受けた除雪車の運転手のなかには、除雪車を路肩に乗り捨てて、原発から反対の方向に走り去る者もいた。

単なる民事上の契約しか締結していない民間の除雪業者の従業員に、高い職業倫理や決死の覚悟を求めることは酷であった。

そもそも除雪業者にも、その従業員にも、原発事故に対する心構えができていなかった。国によって「安全」と宣言されて再稼働されているはずだったからだ。

(48)

午前一〇時過ぎには、関東電力の本社のオペレーション・ルームに、総理、官房長官、官房副長官が乗り込んでいた。オペレーション・ルームは新崎原発の中央制御室と、画像と音声でつながっている。

資源エネルギー庁の日村直史次長もその場に馳《は》せ参じていた。民自党時代の原発事故のオペレーションについては、組織的対応ができていない、と野党時代に噛みついていた保守党であったが、いざ事故が起こると、関東電力や原子力規制委員会に対応を任せ、官邸で報告を待つ勇気はとてもなかった。自然と、誰からともなく、政府・関東電力事故対策統合本部と呼ばれる組織が誕生した。

「なんで除雪車こないの?」

と画面に向かって関東電力の社長が尋ねる。

「わかりません!」

顔面を紅潮させて、所長代理が答える。原子力発電所の周辺の道路の状況がどうなっているのかなど、発電所では知る由《よし》もなかった。

「ディーゼル・エンジン温めなきゃいかん」

と、本社の原子力事業本部長が叫ぶ。

「とにかくすごい寒さで、エンジンがキンキンに冷えているんですよ」

と所長代理。

「お湯でもなんでもかけられないの。人肌で抱き付いて温めてみるとかさ、小便かけるとかさ」

本部長が、まるで落語のような問いを投げかける。

「替えのディーゼル・エンジン運ばせよう」と社長、しかし「どこにあるんですかっ？」と周辺から声が上がる……。

非常用電源車は車庫棟にあるが、据え置き型のディーゼル・エンジンの替えが世の中のどこにあるかなど、誰も想像がつかない。

「海と空から自衛隊にディーゼル・エンジンを温めるバーナーか何かを運ばせよう」

と官房長官が叫ぶ。

それを受けて、随行した官房長官秘書官が防衛省に連絡を取る。しかし、ディーゼル・エンジンを温めるバーナーがどこにあるかなどということも、誰も想像できない……。

「むしろ、別の原発の電源車を、ヘリで運んだらどうですか？」

こう、官房副長官が官房長官に言った。

すぐに官房長官秘書官が、再度、防衛省に連絡を取った。フクシマの事故の際に、自衛隊や米軍による電源車の空輸を検討するも、重量オーバーにより空輸を断念した経緯があることを、その場にいた誰も覚えてはいなかった。

そして、新たな規制基準で、外部電源車を各原発に配備させることとした以上、ヘリで空輸するための対策を別途講じているはずがない。それが日本の官僚組織であり、地域独占を許された電力会社の常識であった。

つまり、電源車をヘリで運ぶことができないという状況は、フクシマ以前と何も変わりなかったのである。

……政権幹部や電力幹部から、いろいろな指示が飛ぶ。が、その指示を実行に移す実働部隊は、正月に押っ取り刀《おっとりがたな》で駆けつけた電力会社の社員たちであった。

経験したことのない仕事ばかりである。マニュアル通りの仕事しかしたことがない電力会社の社員たちには、指示を実現するための連絡先もわからず、やったこともないオペレーションに戸惑うばかりだった。

官邸では、午前八時の段階で、原子力災害対策本部が、原子力災害対策特別措置法に基づき設置されていた。しかし、本部長である総理自らが早々に関東電力に乗り込んだこともあり、参集した各省庁の官僚たちは虚脱感に覆われていた。

五月雨式《さみだれしき》に政府・関東電力事故対策統合本部から指令が来るが、明らかに、事故対策統合本部と原子力災害対策本部との連携はとれていなかった。

フクシマの事故の教訓に、電力会社と官邸との意思疎通をよくすることがあった。原子炉のことは電力会社のオペレーション・ルームでないと一次情報は取れない。その一方で、官邸からでなければ、自衛隊、米軍、消防、警察、民間輸送会社等への指示や要請は円滑に進まない。

フクシマの教訓を踏まえ、事故後すぐに政権幹部が関東電力に乗り込んだのは、原子炉の状況を把握するという面ではよかった。が、原子力発電所の周辺オペレーションが手薄となってしまった。

周辺オペレーションがうまくいかないと、原子炉の対策も結局はうまくいかない……。

正月というタイミングも悪かった。平常時であれば、省庁から民間企業に電話を一本かければ、国家の非常時ということで、ありとあらゆる物資や解決策のアイディアを提供してくれる。しかし正月だと、民間企業への連絡は円滑にはとれない。片っ端から代表電話に電話をかけても、正月休み明けの営業時間の案内を、留守電サービスの音声が繰り返すだけだった。

平常時には、ディーゼル・エンジンを温めるバーナーがどこにあるか、などということは、数時間で回答が来る。しかし、それが正月だと無理だ。事故対策統合本部や官邸の災害対策本部に詰めている電力会社社員や役員の個人的なつながりで、正月休みの民間企業の人に連絡を入れるしかなかった。

原子力災害という国家の非常時であっても、普通の民間企業では、電力会社や省庁のように「緊急参集」という動員をかけて、平日と同様、元日から組織を機能させるということは難しい。また、そういう仕組みも用意されていなかった。

新崎原発の周辺道路は封鎖されたままだった。

メルトダウンに怯《おび》えた住民は、そのうち、渋滞に嵌まった車を捨てて歩き始めた。放置された車が、県道、国道、高速道路に溢《あふ》れた。

——新崎原発は、完全に陸の孤島となった。

（49）

新崎原発では、再稼働した六号機・七号機の両方で、核燃料棒のメルトダウンが進行していた。

原子力規制庁のシミュレーションでは、電源喪失から一時間後に炉心露出し、メルトダウンが始まり、三時間後にはメルトスルーして圧力容器を破壊、その後、格納容器内でコンクリートと溶け落ちた核燃料とが反応して大量の水素と一酸化炭素が発生し、七時間後に格納容器破壊、二〇時間後に建屋《たてや》の基礎貫通、そして、大量の放射性物質が外部に放出される、と予測されていた。

再稼働した新崎原発に、最新型の欧州加圧型原子炉のように、格納容器の底部にコアキャッチャーが設置されていれば、メルトダウンした核燃料が冷却設備に導かれて、時間は稼げるはずであった。しかし、最新の規制基準にコアキャッチャーの設置は求められていなかった。

テレビでも、予定されていた正月番組はすべて取りやめとなり、全チャンネルで原発事故の臨時番組が報道されていた。フクシマの事故を経験した日本のテレビ局には原発事故の知識は相当程度蓄積されていたので、どの局も最早、「安全です」ばかりを繰り返す原子力ムラの御用学者を登場させることはしなかった。

すべての局で、現在メルトダウンが進行していること、そして間もなくベントが行われるであろうことを伝えていた。

新崎原発では、新しい規制基準に適合させるため、既にフィルター付きベントの設置が行われていた。施工開始当初は伊豆田知事にばれないよう、秘密裏に工事を行い、知事の逮捕後に工事が完了したことを公表したのだ。

圧力容器からの蒸気を、五〇トンの水を貯蔵した外部タンクに通し、放射性物質を水中で濾過《ろか》後、排気配管を通じて排気筒から外に出す仕組みだ。放射性ヨウ素やセシウムなどを数百分の一から一〇〇〇分の一程度に減らせるはずであった。


正午過ぎから、格納容器の圧が高まっていた。溶け出した核燃料が圧力容器を破壊し、格納容器のコンクリートと反応し、大量の水素と一酸化炭素が発生している証左であった。ベントを行うしかなかった。

「ベントだ、ベント！」

と、原子力事業本部長が、画面越しに新崎原発側に指示する。

「周辺自治体への連絡はどうなっている？」

と聞くのは官房長官だ。

「県はつかまりました。周辺市町村は連絡が取れないところが多く……」

意外にさばさばした表情で、画面越しに所長代理が告げる。

「県に連絡させたらいいだろ！」

その表情を見てか、珍しく官房長官が声を高める。

「周辺諸国はどうしますか？」

と官房副長官。

「外務省に適当に連絡させとけ……」

典型的なたたき上げの経歴を持つ官房長官は、その有能ぶりと総理を支える姿勢が国民に広く評価されていたが、このときその声には、まったく力がこもっていなかった。


その官房長官は、午後一一時、政府・関東電力事故対策統合本部で記者会見を行った。

官邸と原子力規制委員会と関東電力の三者が、バラバラではなく、ワンボイスで記者会見を行う——これは、フクシマから得られた教訓の一つだった。

「現在、新崎原発の格納容器の圧力が上昇中であります。したがいまして、準備が整い次第、ベントを実施いたします。これにより、直ちに人体の健康に影響が生じるものではありませんが、念のため新崎原発周辺一〇キロ圏内の住民には、避難勧告をいたします」

記者が指名を待たずに質問する。

「スピーディの予測はどうなっていますか？」

官房長官の表情には、今も覇気が感じられない。人間の価値は、大きな危機のときにこそ試されるというのに。

「……あとで事務方から提供させますが、現在も、新崎上空は激しい降雪となっておりますので、放射性物質はそれほど拡散せず、降雪とともに原発周辺の地表に到達するものと思われます。フィルターで放射線量は数百分の一から一〇〇〇分の一にまで低減されております」

それだけ低減されているとはいえ、降雪とともに地表に到達した場合の汚染度は、住民が立ち退きを余儀なくされる程度である——そのことについては、官房長官は、積極的に言及しなかった。民自党政権の官房長官と同じように……。

このとき、現実には、新崎原発の周辺一〇キロ圏内の住民はもちろんのこと、新崎県のほぼ全域の住民が、県から退避しようとパニックになっていた。

県内各所の主要幹線道路で次々と渋滞と事故が発生するなか、なんとかたどり着いた住民たちで、ＪＲ新崎駅は殺気だっていた。みどりの窓口では、指定券を奪い合い、大人同士の殴り合いが各所で起きていた。数少ない自由席には、乗車定員をはるかに上回る群衆が乗り込み、お年寄りや小さな子どもにとっては危険な状態になっていた。

駅員がロープを張って、順番にしたがって列を作るよう呼びかける。しかし、誰も駅員の指示には従っていない。午後三時には、一万人を超える群衆が、駅に入りきれず、駅の周りを取り囲んだ。

「乗客の安全を確保する」という駅長の判断で、駅のシャッターを下ろすことにした。しかし、インターネットで指定席を予約している客がシャッターをこじ開け、そこから多くの群衆が入っていった。駅の構内から大きな悲鳴が聞こえた。階段ではドミノ倒しが起こった。

新崎空港にも、群衆が徒歩で押しかけていた。県内の道路の機能はほとんど麻痺していたが、「空港に行けば、定時にたどり着けない予約客のチケットがキャンセル待ちのスタンバイで購入できる」——こうした情報がツイッターで拡散したため、こちらも一万人を超える群衆が空港を取り巻いていた。

「臨時便を出すように、本社に掛け合ってくれよ!」

と、航空会社の地上勤務職員に、スタンバイで並んでいる群衆が詰め寄っていた。

「早く、新崎から救出してくれ!」

「人命にかかわる問題だぞっ」

口々に群衆が叫ぶ。

機転を利かせてパスポートを持参した人々は、空席のあったソウル便のチケットを購入できた。ここにとどまって放射能を浴びるより、とにもかくにも、宿のあてはなくても、また言葉が通じなくても、カネをいくら払っても、新崎県を離れるほうがマシだ……。

午後三時の段階で六号機のベントには成功したが、フィルター付きベントへの配管のつなぎ目の継手《つぎて》の固定が甘く、放射性物質を含む格納容器からの排気が、継手と配管の間から吹き出ていた。周辺の放射線量の値は急速に上昇した。七号機のベントはまだ成功していなかった。

「七号機、なんでベントできないの!?」

と、社長がイライラしながら尋ねる。

「わかってたら苦労しませんっ、て」

所長代理は腹が据わっている、というよりも、自分の不運を呪っているように見える。所長がここにいさえすれば、自分が日本国民一億二〇〇〇万人の矢面《やおもて》に立つこともなかった。なぜ所長は自分だけ正月休みなどとっているのだ……。

「所長はどうしたんだ？」

その所長について、原子力事業本部長が問いただす。

所長は、朝一番の新幹線で新崎に向かっているはずだった。しかし、道路網の麻痺で原発には辿り着けていない。このとき所長も外部電源車も、新崎原発から五〇キロ離れた場所で立ち往生していたのだ。

「七号機のベントのフィルター用の外部タンクは、陽の当たらないところにあるので、貯めていた水が凍り付いているのかもしれません」

と施設課長。

「とにかく、ホッカイロ貼ったり、小便でもかけたりして、温めてみようよー」

原子力事業本部長は相変わらず落語のような口調だ。危機に直面して究極のジョークを吐く、007のジェームズ・ボンドでも気取っているのか。しかし、団子鼻《だんごばな》に鼻毛を伸ばしたその風貌では、まるでバカ殿にしか見えない。

しかしこの会社はどうなっているのか？　実はこの時点で、実際に、現場の所員の小便が大量に、タンクを温めるため放出されていたのだ……。

「もう出る小便がありません！」

と、末端の所員がキレ気味に叫んだ。

「バカヤロー、雪でも何でも食って小便出すんだぞ！　あと、タンクに毛布でも巻いてみろっ」

と原子力事業本部長。

一基一一〇万キロワットの出力を誇る世界最高水準の原子力発電所ではあるが、一度トラブルに陥ると、人間の小便や毛布という原始的な手法に頼らざるを得ないのが皮肉であった。

「燃料プールはどうなってんの？」

今度は社長が尋ねる。さすがに額《ひたい》に青筋が浮かび上がっている。

運転停止中とはいえ、一号から五号機の使用済み燃料は、プールに浸けられている。すなわちフクシマの四号機と同じ状況だ。そして、通電して冷却していないと、プールの水が沸騰・蒸発して、使用済み燃料がむき出しになってしまう。

フクシマの事故後、有識者が、再稼働まではいったん乾式のキャスクに入れて貯蔵するほうが安全だと指摘していたが、放置していたことについて社長は臍《ほぞ》を噬《か》んだ。

「ちょっと、そこまで手が回ってません。ただ、沸騰までは時間があると思います」

所長代理はどこまでも、あっけらかんとしている。

「計器だけに頼らずさ、ちゃんと目視しろよ。外の雪をバケツかなんかで運んで、プールに突っ込んでみろよ」

とは原子力事業本部長だ。原発の燃料棒が放つエネルギーの強大さを、この男が知らずして、日本人の誰が知っているというのか……。

「おい、車庫棟の入り口のシャッターを抉《こ》じ開けるよう、警察に頼めないのか？」

こう官房長官が叫ぶ。

現場では、テロ対策のために、サブマシンガンやライフル銃のほか、防弾仕様の警備車を備えた警察官が二四時間態勢で警備している。つまり、銃器を用いてシャッターを撃ち抜け、という趣旨だった。

「わかりましたっ、頼んでみます！」

所長代理は今、敬礼までしている。やけくそなのだ。

実際には、朝、非常用電源車が格納されている高台の車庫棟の様子を確認しに行った先遣隊が、まだ戻っていない。道は雪に覆われ、氷結し、容易には近づけないことは明らかだった。

しかし、素人の提案とはいえ、官房長官の提案である。絶対に効果がないとその場で断言できること以外は断ることも難しく、そのぶん余計にマンパワーを取られる結果となっていった。

ベントにより六号機の格納容器の爆発の危険は去ったが、外部電源がなく、注水はできていないので、溶け出した核燃料が格納容器を破壊し、建屋の基礎部分に進行して、メルトスルーを起こしていることは明らかだった。

七号機は、既に午後三時の時点で、格納容器の最高使用圧力を超えていた。あとは、どこまで格納容器が持ちこたえられるか、という物理学の限界の問題だった。最新型の欧州加圧型原子炉のように格納容器それ自体が大型化されていれば、まだまだ時間は稼げただろう。後悔しても後の祭りだった。

午後七時には、七号機の格納容器の圧力が最高使用圧力の三倍の値を示した。

格納容器にはハッチやフランジがあり、マイクロメートル単位で完全に密閉されているわけではない。七号機は、最高使用圧力の三倍の圧を示すと、どこからか圧が抜け、圧の値が下がり、また数時間後には最高使用圧力の三倍を示すというジェットコースターのような上下動を示した。

圧が上下するということは、フィルターで放射性物質が低減されることなく、格納容器の隙間から、事実上、建屋《たてや》のなかにベントが行われているということであり、格納容器内で発生している水蒸気、水素、一酸化炭素が、建屋内に充満していることが見込まれた。

——七号機の建屋は、フクシマのように、水素爆発が起こる可能性があった。建屋内の放射線量も著しい上昇を示し、作業員が留まることは困難になった。

格納容器が破壊されれば、大量の放射性物質が放出され、作業員が退避せざるを得なくなる。そうなると、次は六号機に連鎖し、最終的には一号機から五号機の核燃料プールで保存されている核燃料まで剝《む》き出しになり、大気中に放射性物質が放出されることになる。

こうした事態が起これば、新崎県から半径二五〇キロ以上の範囲で、日本国民が住めなくなることが予想された。そうなると、決死隊が、砂と水の混合物で遮蔽《しゃへい》しなければならなくなる。いわゆる石棺である……。

(50)

気がついたら、政府・関東電力事故対策統合本部に、在日アメリカ大使館から、大使以下が通訳とともに駆けつけ座っていた。官房長官が許可したようだ。

米軍の助けが必要になるかもしれない。民自党のようにアメリカに対するアレルギーがない保守党政権では、むしろ日米同盟の象徴として、大使の常駐を許可したのである。

大使から、ホワイトハウスの国家安全保障会議の決定として、米エネルギー省国家核安全保障局の特殊専門部隊である被害管理対応チームの投入が、その場で伝えられた。

在日アメリカ人の保護という理由で、米軍の輸送機を新崎空港に派遣することについても要望してきた。さらに、石棺などの災害防止に関して、あらゆる日本国政府の要請を検討する用意があることも表明された。

翌一月二日の外国為替市場は、日本時間午前五時にニュージーランドからスタートした。事前に予想されたように、円は、直ちに一ドル一五〇円と大幅な円安となった。六時にはオーストラリア、一〇時には香港《ホンコン》、シンガポールの為替市場が開いたが、さらに円は低下し、一ドル一七〇円台の値を付けた。為替市場ではストップ安の仕組みがないことが恨めしいほどの下落ぶりである。

債券市場でも、日本国債の利回りが急上昇、ストップ安となった。日本国債の暴落がさらなる円安に拍車をかけた。ロンドンやニューヨークで市場が開けば、円の暴落そして日本国債のさらなる暴落が確実視された……。

原発災害で日本国政府の支出拡大が予想され、国債の償還可能性に疑問符がついたこともある。しかしそれ以上に、フクシマのメルトダウンを経験した日本が、その教訓から学ばずに、またも原発のメルトダウンを引き起こしていることについて、マーケットから日本国政府、そして日本国そのものへの不信任が突きつけられたのだ。

一月二日、海外の市場が荒れ狂っている頃、北京《ペキン》では中国政府の報道官が、日本の新崎原発の事故に深い憂慮を示すとともに、在日中国人保護および日本国民への人道支援のため、中国軍を派遣する用意があると発表した。

中国の艦隊は、尖閣沖に迫っていた。

韓国艦隊も対馬沖に現れていた。在日韓国人の保護という名目だった。

オホーツク海にはロシア艦隊が出現していた。

自衛隊の最高指揮官である総理も、在日米軍司令官も、ホワイトハウスも、日本国の周辺事態に対処する余裕は残されていなかった。

二日になっても、日本海側に発達した爆弾低気圧と、それのもたらす寒波と大雪は止むことがなかった。外部電源車の海からの輸送を自衛隊に要請したが、荒れ狂う日本海が頑強にそれを拒んでいた。

政府・関東電力事故対策統合本部に昨日から徹夜で詰めている総理にとって、それは天罰のようにも思えた。そしてそれは、フクシマの警告に耳を貸さなかった日本人に対する天罰でもあった。

天からの罰である以上、それはただ終わるまで甘んじて受け容れるしかなかった。

総理の関心は、この天罰がどこまで続くのか、ということだった。

新崎の七基の西には、日本海側の「原発銀座」といわれるエリアが並んでいた。いくつかの原発は年末に再稼働していたし、フクシマ事故以降稼働していない原発にも、燃料プールには使用済み燃料が、わずかな建屋の補強だけを受けて、そのまま置かれていた。新崎の状況次第では、こうした原発のオペレーションも難しくなるかもしれない。

一度引き上げて乾式の貯蔵容器に入れるべきだと忠告する有識者がいたが、早期の再稼働を目指す電力業界と資源エネルギー庁は、あらゆる手を使って、それを妨害した。

何ごとも中庸《ちゅうよう》とバランスが大切と教わり、角《かど》が取れている政治家四世の総理にとっては、それを止めるだけの強い信念はない。ただぼんやりとそれを許していたことが、結果として、国家の崩壊を招いたのだ。

同じく政府・関東電力事故対策統合本部に詰めていた日本電力連盟常務理事の小島巌と資源エネルギー庁次長の日村直史は、奇《く》しくも同じことを考えていた。

「とにもかくにも格納容器の爆発さえ免れれば、急激な放射性物質の拡散は避けられる。六号機と七号機のメルトスルーで汚染はじわじわと地下水や土壌から広がるだろうが、汚染の程度としては、フクシマの二倍にはならないだろう。局地的な汚染にとどまる。そうすれば、フクシマと手順は同じだ。一、二年は原発反対の嵐が吹き荒れるが、電力システム改革さえ遅らせて骨抜きにすれば、必ず政治家は総括原価方式のもたらす電力のカネにもどってくる」

フクシマの悲劇に懲《こ》りなかった日本人は、今回の新崎原発事故でも、それが自分の日常生活に降りかからない限りは、また忘れる。喉元《のどもと》過ぎれば熱さを忘れる。日本人の宿痾《しゅくあ》であった。

――歴史は繰り返される。しかし二度目は喜劇として。

椅子に座り、虚ろな表情で中空を眺めている総理の姿を、日村がじっと見つめていた。

その二人の様子をオペレーション・ルームの片隅から、小島が観察していた。総理よりも日村のほうが、意識も体力もしっかりしているように見えた。

夕陽がオペレーション・ルームに射し込んでいた。

「この人がいれば、何とかなるだろう」と、小島はさしたる根拠もなく、自らを鼓舞していた。

確かに、この二人の心が折れさえしなければ、日本の裏支配者とも言えるモンスター・システムは、時を経ずして息を吹き返すことであろう。そしてその悪魔のシステムとともに、日本には、原発をメルトダウンに至らせる一〇〇〇本以上の送電塔が、無防備のまま残されるのだ。

＊本書の印税の一部は、「東日本大震災ふくしまこども寄附金」に寄付されます。

著者略歴

若杉 冽（わかすぎ・れつ）
東京大学法学部卒業。
国家公務員Ⅰ種試験合格。
現在、霞が関の省庁に勤務。

原発《げんぱつ》ホワイトアウト

二〇一三年九月一一日 第一刷発行
二〇一三年一二月一四日 第六刷発行

著者——若杉《わかすぎ》 冽《れつ》
カバー写真——ゲッティイメージズ
装幀——多田和博

発行者——鈴木 哲 **発行所**——株式会社講談社
東京都文京区音羽二丁目一二—二一 郵便番号一一二—八〇〇一
電話 編集 〇三—五三九五—三五二二 販売 〇三—五三九五—三六二二 業務 〇三—五三九五—三六一五
印刷所——慶昌堂印刷株式会社 **製本所**——黒柳製本株式会社

落丁本・乱丁本は購入書店名を明記のうえ、小社業務部あてにお送りください。送料小社負担にてお取り替えいたします。
なお、この本の内容についてのお問い合わせは、生活文化第三出版部あてにお願いいたします。

ISBN978-4-06-218617-9
定価はカバーに表示してあります。